I0627324

Chats, crimes & chandelles – Intégrale 1

Meurtre à Little Firling : Livres 1 à 3

par Belinda Chavremootoo

Dédicace

Pour chaque chat qui a déjà résolu un mystère tranquillement avant que les humains ne le fassent.

Surtout pour une.

Droit d'auteure du texte

© 2025 Belinda Chavremootoo

Tous droits réservés.

Il s'agit d'une œuvre de fiction. Les noms, les personnages, les lieux et les incidents sont le produit de l'imagination de l'auteur ou sont utilisés de manière fictive. Toute ressemblance avec des personnes réelles, vivantes ou décédées, des entreprises, des lieux ou des événements est purement fortuite.

Aucune partie de ce livre ne peut être reproduite, stockée dans un système de recherche documentaire ou transmise sous quelque forme ou par quelque moyen que ce soit (électronique, mécanique, photocopie, enregistrement ou autre) sans l'autorisation écrite expresse du propriétaire du droit d'auteur.

À propos de l'auteure

Belinda écrit des mystères stratifiés où la mémoire persiste, les paysages se souviennent et le silence parle plus fort que les mots. Ses histoires glissent entre le littéraire et l'intime, à la fois suspense atmosphérique et règlement de comptes silencieux. Enraciné dans un amour pour les îles, l'histoire et les vérités cachées, son travail invite les lecteurs à s'attarder dans l'entre-deux.

Elle croit que certaines terres portent en elles l'écho de tout ce dont elles ont été témoins – chagrin, joie, trahison – et que la nostalgie d'un lieu est un type d'histoire à part entière.

Elle écrit également des histoires sincères pour enfants qui murmurent du courage dans des cœurs tranquilles. Avec des coccinelles magiques, des chênes qui sauvent des histoires et des petites filles courageuses comme Maia, Belinda espère aider les jeunes lecteurs à trouver leur propre voix et à l'utiliser avec audace.

Lorsqu'elle n'écrit pas, Belinda s'occupe de son jardin, guidée par le bruissement des feuilles, l'odeur de la terre et la compagnie tranquille de deux chats qui semblent toujours en savoir plus qu'ils ne le disent.

Little Firling

Contenu de l'intégrale

Livre 1 – *Meurtre sur les falaises brumeuses*

Livre 2 – *Le meurtre fleurit à la foire*

Livre 3 – *Meurtre sous le lustre de la salle de bal*

Chaque village a ses secrets.
Little Firling a un corps.
Meurtre sur les falaises brumeuses
Un mystère Little Firling - Livre un
Belinda Chavremootoo

*« Dans le silence feutré des pages qui se tournent,
Perséphone sait où se cache la vérité.»*

Table des matières

Prologue - Une note sur Little Firling

(Observation par Annabel Lennox Deighton, à la fin de la cinquantaine, détective réticente)

Little Firling est le genre d'endroit où l'on s'évade.

Des falaises qui s'effondrent. Des champs verdoyants et vallonnés. Une mer qui ne vous dit jamais vraiment ce qu'elle pense. C'est beau, bien sûr – sauvagement, fouetté par le vent – mais aussi juste assez mystérieux pour avoir l'impression que quelque chose regarde toujours derrière les hortensias.

Le village lui-même se penche sur le charme. Chalets drapés de lierre. Un pub avec l'enseigne originale tordue. Des banderoles pour des événements dont personne ne se souvient vraiment. Tout le monde connaît votre nom, votre date de naissance et les trois dernières choses que vous avez achetées à la boulangerie de Bea Simmons - et ils n'ont pas peur d'en parler autour d'une tasse de thé.

Quand j'ai déménagé de Glasgow après avoir pris une retraite anticipée, je m'attendais à la paix et peut-être à quelques regards curieux. Ce que j'ai obtenu, c'est une chatte avec le regard d'un magistrat, une meilleure amie qui porte une batte de baseball « au cas où » et une enquête sur un meurtre que je n'avais pas à mener – sauf, apparemment, que je l'ai fait.

Parce que Little Firling a ses secrets. De vieux secrets. Le genre sur lequel vous trébuchez en jardinant. Le genre chuchoté à travers les générations jusqu'à ce que quelqu'un – généralement quelqu'un comme moi – décide de les dépoussiérer.

Alors, si vous êtes ici pour une escapade paisible sur la côte ?

Vous pourriez réaliser votre souhait.

Juste... Ne vous promenez pas près des falaises une fois la nuit tombée.

Chapitre 1

La brume s'infiltra avec la confiance d'un vieil ami. Il s'enroulait autour des pots de cheminée et se pressait contre les fenêtres de Honeystone Cottage comme s'il savait exactement où se trouvait la chaleur. Il brouillait l'horizon jusqu'à ce que la terre et la mer deviennent des murmures l'un de l'autre, et Annabel Lennox Deighton se sentait – pour la première fois depuis longtemps – tranquille.

Pas engourdie. Pas vide. Juste... tranquille.

Elle se tenait au bord du sentier au sommet de la falaise, les bottes enfoncées dans l'herbe humide, une main gantée reposant légèrement sur le portail en bois usé qui marquait la fin de son nouveau jardin et le début du grand au-delà verdoyant. La mer murmurait en contrebas, lointaine et agitée, comme si elle se disputait avec elle-même.

Perséphone, sa chatte noire de race Bombay, se frottait contre son mollet ; un doux velouté de fourrure noire et un jugement tranquille. Elle gazouilla – un son doux et interrogateur – et Annabel baissa les yeux.

« Tu ne sais toujours pas ce que nous faisons ici, n'est-ce pas ? » murmura-t-elle.

La chatte cligna des yeux vers elle, les yeux dorés ronds et solennels. Un autre son doux. Pas tout à fait d'accord. Pas tout à fait de la désapprobation.

« Je sais. Pareil. »

Cela faisait presque un mois qu'elle avait quitté Glasgow. Une ville remplie d'amis, de collègues et de bruit – tellement de bruit – et l'appartement de plus en plus vide où les livres de Michael vivaient encore sur les étagères comme des fantômes polis. Deux années de veuvage s'étaient écoulées comme le temps : tantôt orageuses, tantôt calmes, toujours ailleurs. Elle avait enseigné deux autres trimestres après sa mort, par habitude plus que par but. Puis un jour, elle s'est arrêtée. Elle a emballé ses notes de cours, annulé les dîners auxquels elle n'avait pas voulu assister et a acheté une maison en pierre dans un village dont elle n'avait jamais entendu parler avant qu'il n'apparaisse dans une recherche Google à 2 heures du matin.

Little Firling. Elle avait aimé le son.

Calme. Bord de mer. Pas trop loin d'une ligne de train. Le genre d'endroit où les gens cultivaient des choses.

Perséphone était venue, naturellement. On ne laisse pas derrière soi sa seule confidente vivante, même si elle avait l'habitude de répondre en gazouillant et en clignant des yeux et de ne jamais vous laisser boire du thé sans inspecter la tasse au préalable.

Elles marchaient sur les falaises tous les matins maintenant. À la fois rituel et méditation. C'était en train de devenir une habitude, l'une des premières qu'elle avait choisies pour elle-même depuis longtemps.

Le brouillard s'épaissit à mesure qu'elles marchaient, la mer disparaissant derrière lui. Perséphone trotta en avant, puis s'arrêta. Ses oreilles se dressèrent vers l'avant. Elle laissa échapper un gazouillis plus aigu et s'élança dans les broussailles juste à côté du chemin.

Annabel fronça les sourcils. « Un autre campagnol ? » Pas de réponse.

Elle l'a suivie.

Il lui fallut un moment pour la trouver, parfaitement immobile, à côté de quelque chose de bas et froissé dans l'herbe.

Au début, cela ressemblait à un tas de vieux manteaux. Quelque chose que quelqu'un avait laissé tomber et oublié.

Puis elle a vu la chaussure.

Puis la main immobile.

Puis les yeux ouverts.

Annabel retint son souffle. Perséphone était assise à côté de la figure ; la queue s'enroulait soigneusement autour de ses pattes.

L'homme était affalé contre un rocher recouvert de mousse. Son visage pâlit. Sa bouche est légèrement ouverte. Aucun signe de violence. Pas de sang. Juste... immobilité.

Et à ses côtés, pris dans les ronces, un carnet. Sa couverture se déformait sous l'humidité, ses pages flottaient faiblement dans la brise comme s'il essayait de respirer.

Annabel s'accroupit.

Elle n'a pas touché le corps.

Mais elle a attrapé le carnet.

C'était humide, mais pas ruiné, à peine lisible par endroits. Elle le retourna avec précaution.

Elle tourna la première page.

Symboles. Gribouillis. Un dessin de quelque chose qui ressemblait au soleil, avec trois étoiles qui l'entouraient. Une écriture étrange et urgente.

Elle hésita. Puis elle le glissa doucement dans son cartable, l'imaginant déjà dans l'un des sacs en plastique de son tiroir de cuisine.

« *Si c'est important,* murmura-t-elle en elle-même, *j'aimerais mieux qu'il ne disparaisse pas.* »

Perséphone laissa échapper un miaulement bas. Silencieux, comme un avertissement.

Annabel se leva lentement.

Il y avait quelque chose ici. Pas seulement un corps. Une histoire.

Et elle s'était retrouvée en plein milieu.

✳✳✳

Elle est retournée au chalet après avoir appelé les autorités. L'agent de police Tom Oakes – serviable, bien qu'un peu trop enthousiaste – avait promis de « se montrer vif » et de « régler tout cela ». Peu importe ce que cela signifiait.

Maintenant, elle se tenait au centre de son petit jardin, les doigts enroulés autour d'une tasse de thé fumante, Perséphone perchée sur le muret de pierre comme si elle effectuait une surveillance.

Honeystone Cottage était exactement ce qu'il avait promis d'être : un peu tordu, un peu magique. Des roses s'enroulaient autour des fenêtres comme des commérages, la peinture de la porte était d'un bleu gai mais écaillé, et le jardin arrière descendait vers les champs dans un étalement paresseux et inégal. Quelqu'un, une fois, avait essayé de l'apprivoiser. Les os d'un carré d'herbes aromatiques sont restés : de vieilles touffes de thym, de la menthe tenace, et même un buisson de romarin à moitié sauvage qui sentait les dîners oubliés.

Annabel planifiait déjà ce qu'elle allait planter. Courgettes. Lavande. Des soucis, peut-être.

Elle avait besoin de quelque chose pour grandir.

« J'ai apporté des scones, mais je peux les laisser sur le marchepied si c'est une matinée sans activité sociale. »

La voix venait de derrière elle, brillante, impétueuse, résolument vivante.

Annabel se retourna.

La femme au manteau patchwork et aux bottes robustes avait l'air de pouvoir gagner une bagarre dans un bar et de se rendre au club de lecture avec de la confiture sur la manche. Ses cheveux roux étaient dans une torsion sans vergogne, ses yeux perçants et curieux.

« Evie Barnes, » a-t-elle dit en tendant un Tupperware. « Librairie, potins, premier intervenant parfois grossier dans un drame de village. Et tu es la professeure avec la chatte et l'aura du chagrin. »

Annabel cligna des yeux.

Evie sourit. « Trop ? »

« C'est juste inattendu, » a dit Annabel en prenant le conteneur. « Je m'appelle Annabel. »

« Je sais. Nous vous avons observé. »

« Qui est 'nous' ? »

Evie pointa vaguement du doigt le village. « Tout le monde. C'est comme ça que nous accueillons les gens. Avec de la nourriture et une surveillance légère. »

Annabel leva un sourcil.

Evie fit un geste vers Perséphone. « Elle a jeté un regard mortel à mon labrador à travers la haie. »

« Elle n'aime pas les chiens. »

« Moi non plus, mais je ne les regarde pas comme s'ils me devaient de l'argent. »

Annabel sourit. Un vrai, le premier depuis longtemps.

Elles restèrent silencieuses un moment, la brume s'enroulant autour des roses, les champs s'ouvrant derrière eux.

Puis Annabel a dit : « Il y a eu un corps. Sur les falaises. »

Evie ne haleta pas.

Elle a juste dit : « D'accord. Le thé d'abord, puis la résolution de crimes. Tu as emménagé dans le bon village. »

Chapitre 2

Le brouillard s'était dissipé, mais il n'était pas parti.

Il s'accrochait aux haies comme un enfant boudeur, réticent à lâcher complètement le matin. Le chemin vers les falaises était plus doux sous les pieds, l'herbe encore humide. Annabel marchait d'un pas régulier, l'absence de Perséphone sur ses talons était étrangement perceptible.

Dans son cartable se trouvait un sac Ziploc contenant le carnet.

Elle l'avait nettoyé doucement, juste assez pour empêcher les pages de se déformer davantage. Je me sentais mal de le tenir, comme si je touchais quelque chose destiné à quelqu'un d'autre. Mais pire, il s'était senti mal de le laisser derrière lui.

Alors qu'elle approchait du bord des falaises, elle a vu le bruit fluorescent familier de la veste de l'agent de police Tom Oakes.

« Professeur Deighton, » appela-t-il en faisant signe de la main. « Content que vous soyez revenue. »

Annabel hocha la tête, ses yeux se tournant vers le corps, toujours intact, respectueusement marqué par du ruban adhésif de la police et quelques cônes qui semblaient avoir été empruntés à l'école primaire.

« Je ne voulais rien bouger jusqu'à ce que quelqu'un confirme ce qu'ils ont vu, » a déclaré Oakes. « C'est lui, alors ? Ernie Finch ? »

« Oui, » dit-elle doucement.

Elle ouvrit son cartable et tendit le cahier dans le sac Ziploc.

« Il s'accrochait à ça. J'ai pensé que cela pourrait être important. »

Oakes l'a pris, a plissé les yeux à travers le plastique, puis a haussé les épaules.

« On dirait des diagrammes. Gribouillis. Probablement juste des notes académiques. Il ne cessait de parler des naufrages et des vieilles légendes, n'est-ce pas ? »

Il le rendit sans même l'ouvrir.

Annabel ne bougea pas. » Il le tenait. Serré. »

« Cela aurait pu être un réflexe. Les gens s'agrippent aux choses au moment où elles tombent. »

« Mais son corps n'était pas dans une position qui ressemblait à une chute, » a-t-elle déclaré. « Il avait les jambes croisées. Ses épaules étaient affaissées. Il avait l'air... arrangé. »

Oakes cligna des yeux. « Je vais en parler au coroner. Mais aucun signe visible de traumatisme. Pas de blessures, pas d'ecchymoses. Peut-être que c'était une crise cardiaque. »

Annabel n'a pas répondu. Son regard revint sur le visage d'Ernie.

Il n'avait pas l'air paisible.

Il avait l'air d'*attendre quelque chose.*

Ou quelqu'un.

« Quand même, » a poursuivi Oakes, griffonnant dans un bloc-notes à moitié plié. « Rien d'alarmant. Si quelque chose se révèle lors de l'autopsie, je vous le ferai savoir. »

Annabel hocha la tête, mais quelque chose en elle restait rigide.

Il ne posa plus de questions sur le carnet.

✳✳✳

De retour à Honeystone Cottage, la bouilloire sifflait déjà lorsqu'elle franchit la porte.

Perséphone cligna des yeux depuis la table, puis fixa directement le cahier qu'elle posa sur elle, toujours scellé. La chatte émit un doux gazouillis. Critique.

— « Je suis d'accord, » murmura Annabel en repoussant la bouilloire. Ce n'était pas satisfaisant du tout.

On frappa à la porte.

Evie.

Elle se tenait debout, tenant un sac contenant des pâtisseries et deux tasses à emporter fumantes comme un nuage d'orage contenant de la caféine.

« J'ai pensé que tu avais besoin de renfort. J'ai apporté des pâtisseries et des friandises.

Annabel s'écarta. « Entre. »

Chapitre 3

Le cahier était posé entre eux comme une question chargée.

Annabel tourna une autre page, prenant soin de ne pas déchirer le bord humide. Le papier craquait légèrement, mais l'encre était encore presque lisible. Tout était là : croquis, symboles, notes griffonnées de côté dans les marges.

Une page était entièrement consacrée à ce qui ressemblait à des codes d'expédition : des numéros disposés en rangées verticales, soulignés trois fois en haut par les mots :

CAISSE ONZE — DISPARU ?

Les formulaires douaniers ne correspondent pas. Sain. Cooke.

Annabel se pencha sur sa tasse de thé. » Cuisinier. C'est... Maggie Cooke ? »

Evie hocha lentement la tête.

« Et Hale, » ajouta Evie, « comme dans Rupert Hale. Propriétaire de la moitié du village, y compris ton chalet avant que tu l'aies acheté. Et propriétaire de l'ancien moulin, de la chapelle et de trois hangars 'historiquement préservés', que personne ne peut l'expliquer. »

Annabel tourna une autre page. Le symbole réapparut : le soleil avec trois étoiles, griffonné à plusieurs reprises à côté du mot *« caché »* et d'un croquis approximatif du chemin de la falaise.

« Ce n'était pas de la recherche, » a-t-elle déclaré.

« C'était un avertissement. »

Evie resta silencieuse pendant un moment. Puis :

« Tu penses toujours que c'était un meurtre ? » Annabel regarda le carnet. « Oui. Je pense qu'il essayait de dire quelque chose à quelqu'un avant qu'il ne soit trop tard. »

Perséphone miaulait doucement depuis le rebord de la fenêtre et s'étira, sa queue tremblant une fois.

« Son Altesse est d'accord, » marmonna Evie. « C'est vrai. Je vais fouiller dans la boîte d'archives de ma tante. Si elle savait quelque chose sur ce symbole, ce serait là-dedans. Elle accumulait des papiers comme d'autres accumulent des sacs en plastique. »

Annabel se leva pour remplir la bouilloire quand on frappa à la porte.

« Tu attends quelqu'un ? » a demandé Evie.

« Non. »

Elle ouvrit la porte.

Maggie Cooke se tenait sur le marchepied, les joues rouges et un sac en papier ciré dans les mains.

« Bonjour, ma chère. Je me suis juste dit que vous n'aviez probablement pas déjeuné correctement, avec tout ce matin et tout. J'ai apporté quelques pâtés de Cornouailles.

Fraîchement sorti du four. » Elle offrit un sourire un peu trop éclatant.

Annabel hésita. « C'est très gentil. »

« J'essaie juste d'aider là où je peux, » a déclaré Maggie en s'engageant dans le couloir sans attendre. » Oh bonjour, Evie. Tu fouilles toujours dans les choses, tu ne devrais pas, je vois ? »

Evie sourit sans aucune chaleur.

« C'est plus ou moins le titre du poste. »

Maggie tendit le sac chaud à Annabel, les yeux parcourant la cuisine.

Et puis, très brièvement, elle repéra le carnet.

Juste assis là, sur la table, à côté des tasses et du sucrier.

Son regard se fixa sur elle pendant une demi-seconde. Elle n'a rien dit.

Mais elle n'en avait pas besoin.

Elle savait ce que c'était.

« Oh, » a-t-elle dit avec trop de désinvolture.

« C'est l'écriture d'Ernie ? »

Le cœur d'Annabel battit un seul coup.

« Je pensais que personne n'avait encore identifié l'homme, » dit-elle doucement.

Maggie cligna des yeux. « Ah. Ai-je dit Ernie ? Moi... quelqu'un dans la boulangerie a mentionné l'avoir vu hier. Près des falaises. J'ai supposé que ce fût peut-être... »

Elle s'est arrêtée.

Evie croisa les bras.

Maggie se retourna rapidement vers Annabel.

« De toute façon, je devrais rentrer. Journée bien remplie, même avec... Tu sais. Mieux vaut ne pas laisser les choses glisser juste à cause d'un peu d'excitation. »

Elle était sortie avant que l'un d'eux ne puisse répondre.

***

« Elle n'a pas posé de questions sur le corps, » a déclaré Evie.

« Non. »

« Elle ne m'a pas demandé ce que nous avions vu. »

« Non. »

« Mais elle savait que c'était Ernie. »

Annabel posa les pâtés et retourna lentement à la table. Ses doigts planaient juste au-dessus du cahier, comme s'il allait disparaître.

« Je ne pense pas qu'elle soit venue ici pour prendre de mes nouvelles, » a-t-elle dit.

Perséphone gazouilla de nouveau. Sans être dérangé.

« J'ai besoin d'aller chercher des choses au supermarché », ajouta Annabel. « Du thé. Lait. Sucre. Les épices pour la cuisson. J'adore expérimenter la cuisine du monde et ce type de cuisine m'aide à me détendre et à trouver l'inspiration. »

Elle s'arrêta un instant, puis ajouta avec une lueur enjouée dans les yeux : « Et peut-être que je vais poser des questions subtiles, le genre de questions auxquelles les gens répondent sans se rendre compte qu'ils sont doucement sondés. C'est toujours fascinant de découvrir de petites vérités sur les gens. »

Evie sourit. « Mon type préféré. »

***

Le village bourdonnait déjà de commérages.

Annabel passa devant deux femmes de l'institut des femmes qui chuchotaient à côté de la boîte aux lettres. L'épicier lui adressa un sourire compatissant qu'il réservait clairement aux gens qui avaient « *vu des choses* ». M. Wilkins salua sans enthousiasme tandis que son teckel aboyait à ses chevilles comme s'il essayait de bannir les mauvais esprits.

Dans le supermarché, la conversation a changé au moment où elle a franchi la porte.

« Oh bonjour, professeur, » gazouilla Kitty depuis la jardinerie, soudain *extrêmement* intéressée par une boîte de sablés. « Terrible nouvelle, ce matin, tout simplement horrible. Et si peu de temps après avoir emménagé. »

Annabel hocha la tête. « Les petits villages ont de grandes réactions. »

« Était-ce vrai ? » demanda Kitty en baissant la voix. » Qu'il tenait quelque chose ? Une pièce de monnaie ? Ou un journal intime ? »

Annabel cligna des yeux. « Où avez-vous entendu cela ? »

Kitty rougit. « Oh, vous savez... La nouvelle se répand. »

Annabel a payé ses courses et est partie sans un mot de plus.

***

Elle retourna au chalet vingt minutes plus tard.

Tout semblait normal.

La porte était verrouillée. Les vitres intactes. Perséphone était étendue sur le rebord de la fenêtre, une petite plume blanche coincée sous une patte comme un trophée.

Annabel sourit faiblement et entra.

Elle a posé les courses. Elle enleva son manteau et entra dans la cuisine.

S'arrêta.

Le cahier avait disparu.

Elle regarda autour d'elle, chaque surface, chaque tiroir, chaque armoire. Aucun signe de cela. Pas de gâchis. Pas d'effraction. Rien.

Perséphone sauta par la fenêtre et atterrit doucement à ses pieds.

Annabel fixa la table, le cœur battant.

Qui y avait accès ?

Et puis ça a cliqué.

Rupert Hale l'avait mentionné avec désinvolture lorsqu'elle avait signé le bail : « Maggie a aidé depuis des années pour l'entretien. Elle vient pour aérer l'endroit, faire un peu de nettoyage de temps en temps. J'espère que ce n'est pas grave. Elle est très digne de confiance. »

Maggie n'avait pas demandé à utiliser les toilettes.

Elle n'avait pas regardé autour d'elle comme si elle était neuve.

Elle n'en avait pas eu besoin.

Annabel se tourna vers la porte, la mâchoire serrée.

Perséphone miaula une fois.

Pas surprise.

Chapitre 4

La lumière du matin filtrait à travers les rideaux de dentelle de Honeystone Cottage comme un secret essayant de se faufiler. Annabel se tenait à la table de la cuisine, fixant l'endroit où se trouvait le carnet.

Parti. Proprement. Silencieusement.

Perséphone était perchée à sa place, sa forme noire élégante soigneusement enroulée, ses yeux dorés ne clignant pas.

« Je sais, » murmura Annabel. « J'aurais dû mieux le cacher. »

La chatte ne bougea pas. Mais sa queue tapa une fois contre la table, une douce réprimande.

Annabel se tourna vers le téléphone et composa le numéro de la librairie.

Evie décrocha à la deuxième sonnerie.

« Si c'est à cause de la postière qui t'appelle » notre nouvelle Jessica Fletcher, » je lui ai déjà crié dessus. »

« Ce n'est pas ça, » a déclaré Annabel. « Le carnet a disparu. »

Silence. Puis : « Quelqu'un est-il entré par effraction ? »

« Non. La porte était verrouillée. Rien d'autre n'a été déplacé. J'étais sortie pour une vingtaine de minutes peut-être. »

Une autre pause. « Alors, quelqu'un avec une clé. »

Annabel hocha la tête, même si Evie ne pouvait pas la voir. « Je pense que c'était Maggie. »

« Du thé. Chez toi. Vingt minutes. » Clic.

***

Au moment où Evie arriva, Annabel avait déballé les provisions qu'elle avait achetées la veille : les citrons, le safran, la cannelle, le citron confit et les abricots secs.

« Qu'est-ce que c'est ? » a demandé Evie.

« Déjeuner. Offrande de paix. Outil d'interrogatoire. »

« Tu utilises les plats cuisinés comme une arme ? »

Annabel sourit faiblement. « Ça a déjà fonctionné avant. »

Pendant qu'elle cuisinait, la cuisine se remplissait de chaleur et d'épices, des souvenirs se recroquevillent dans la vapeur. Elle n'avait pas fait ce plat depuis le décès de Michael. Il avait l'habitude de dire que l'odeur donnait à l'appartement l'impression d'être une cour marocaine au lieu d'une rue pluvieuse de Glasgow.

Perséphone resta tout le temps à ses pieds, alerte, vigilante, plus collante que d'habitude. « Elle sait que quelque chose ne va pas, » a déclaré Annabel. Evie sirota son thé. « Nous aussi. »

***

Toutes les trois, Annabel, Evie et Perséphone, descendirent la ruelle jusqu'à la maison de Maggie Cooke. Le panier était chaud dans les bras d'Annabel. La chatte la suivit à une distance polie mais déterminée, la queue haute comme une petite bannière noire de suspicion.

Maggie a ouvert la porte après le deuxième coup à la porte. Ses cheveux étaient relevés en un chignon de travers, son tablier taché de farine. Elle parut surprise de les voir. »

« Ah ! Je... bonjour. »

« Nous avons pensé que tu pourrais apprécier quelque chose de salé pour changer, » a déclaré Annabel en soulevant le panier. « J'ai fait du tajine. »

Maggie hésita. Puis il s'écarta. « Eh bien, comment puis-je dire non à ça ? »

***

La cuisine était chaude et sentait légèrement le sucre et quelque chose de plus floral – de l'eau de rose, peut-être. Il y avait des scones qui refroidissaient près de la fenêtre et une vieille radio qui bourdonnait dans un coin.

Dès qu'elles furent à l'intérieur, Perséphone s'arrêta sur le seuil.

Son nez tressaillit.

Elle fixa directement une tasse de thé sur le comptoir.

Puis, sans bruit ni cérémonie, elle s'assit, les oreilles en avant. Les yeux plissés.

Annabel baissa les yeux. « Quelque chose ne va pas, ma fille ? »

Perséphone ne bougea pas. Elle était alerte, concentrée, enfermée.

Les yeux d'Annabel suivirent son regard.

Eau de rose.

L'odeur exacte qui avait persisté dans le chat le matin où le carnet avait disparu.

Elle croisa le regard d'Evie.

Evie leva un sourcil.

Elles se tournèrent tous les deux vers Maggie.

Le déjeuner a été servi dans un silence gêné.

Le tajine a été bien accueilli – Maggie complimenta le goût et la tendreté du poulet – mais son regard ne cessait de parcourir les femmes, comme si elle s'attendait à ce qu'elles disent quelque chose. Ou peut-être attendait-elle qu'elles *ne le fassent pas*.

Finalement, Annabel a dit doucement : « Tu sais ce qu'Ernie cherchait. »

La fourchette de Maggie s'arrêta dans les airs.

« Je n'ai rien pris, » a-t-elle dit.

« Nous n'avons jamais dit que tu l'avais fait, » a répondu Evie en posant son verre d'eau. « Mais c'est intéressant que tu saches qu'il manquait quelque chose. »

Les mains de Maggie tombèrent sur ses genoux. « Ernie a trop parlé. Il pensait qu'il tenait quelque chose de grand. Il m'a montré des dessins... les pages de journaux de bord. »

« Ont-ils mentionné ta famille ? » demanda Annabel.

La mâchoire de Maggie se serra. « Il croyait que l'accident était planifié. Que certaines familles en ont profité tandis que d'autres sont mortes. Mon arrière-grand-père est mort sur *La Jument Dorée*. Ma grand-mère a toujours dit qu'il était un homme honnête. Ernie a donné l'impression qu'il avait été un pion. Ou pire. »

« Alors, tu le protégeais ? » Dit Annabel doucement.

« Je les protégeais, » a déclaré Maggie. « Ceux qui sont venus après. Ceux qui n'ont pas demandé à hériter de la honte. »

Evie se pencha en avant. « As-tu pris le carnet ? »

« Non, » murmura Maggie. « Mais j'aurais aimé l'avoir fait. »

Elle se leva brusquement, ramassa les assiettes et leur tourna le dos.

Perséphone se déplaça vers le bord de la table, sans quitter des yeux le placard près des pieds de Maggie.

Il y avait quelque chose en dessous. Quelque chose que la chatte pouvait sentir.

Quelque chose qui n'avait pas sa place.

Annabel se leva. « Merci pour la conversation. Et le thé. »

Maggie ne se retourna pas.

Elles sont parties sans un mot de plus.

***

Dehors, l'air semblait plus lourd.

Perséphone trottait en avant, sa queue battant comme un métronome de jugement.

« Elle ment, » marmonna Evie.

« Elle a peur, » a répondu Annabel. « Mais oui. »

« Et le carnet ? »

« Je ne sais pas. Mais Perséphone si. »

Elles marchaient en silence. La brise portait l'odeur du romarin et du sel.

Quelque part derrière eux, dans un chalet qui sentait vaguement l'eau de rose et le regret, une femme lavait trois assiettes dans lesquelles elle n'avait pas fini de manger.

Chapitre 5

Elles marchaient en silence.

Le gravier craquait sous leurs bottes lorsqu'elles quittèrent la maison de Maggie, l'odeur de l'eau de rose s'accrochant à leurs vêtements comme quelque chose d'inachevée.

Evie fourra ses mains dans les poches de son manteau. « Eh bien, c'était... gênant. »

Annabel hocha lentement la tête. « Elle n'a rien nié. Pas de manière convaincante. »

« Mais elle ne l'a pas admis non plus. Je ne sais pas ce qui était le plus évident : sa peur ou le fait qu'elle voulait que nous partions. »

Perséphone marchait devant eux, sa queue battant comme une minuscule détectrice de mensonges noir. Elle n'avait pas quitté des yeux la porte de Maggie jusqu'à ce qu'elles soient à mi-chemin de la maison.

« Elle a peur, » a déclaré Annabel. « Et je pense que c'est parce que le carnet... Si elle l'a pris, elle ne l'a plus. »

Evie leva un sourcil. « Alors, soit elle l'a transmis, soit elle l'a caché. »

« Elle avait l'air de quelqu'un qui regrette d'avoir fait confiance à la mauvaise personne, » murmura Annabel.

***

De retour à la librairie, Evie sortit une boîte poussiéreuse d'une étagère supérieure et la posa sur le comptoir avec un soupir. « Les archives de ma tante. Je n'ai pas dit que c'était des potins de l'institut des femmes et des recettes de biscuits, mais il se peut qu'il contienne quelque chose lié aux recherches d'Ernie.

Annabel l'ouvrit avec précaution. À l'intérieur, il y avait des enveloppes, de vieilles coupures de journaux et des notes écrites d'une main décisive.

Evie les feuilleta. « Elle a tout catalogué. Familles locales, transferts de terres, voire rotations de cultures. Attends, ici.

Une feuille marquée « *La Jument Dorée –
1891* ». Une liste de noms. En bas, écrit au
stylo :

« Ils l'ont partagé. Et quelqu'un en a payé
le prix. »

Les yeux d'Annabel se posèrent sur un
nom : Elias Hale. Il a été souligné trois fois.

Evie fronça les sourcils.

« C'est la famille de Rupert. »

Annabel se pencha vers l'intérieur. « Il
possède maintenant la moitié du village. Y
compris le chalet dans lequel je vis avant
que ne l'achète. »

Evie baissa les yeux sur le billet. « Mais
pourquoi mentir ? Pourquoi avoir si peur de
quelque chose qui s'est passé en 1891 ? »

La voix d'Annabel était basse. « Parce que certains héritages ne restent pas enterrés. Le profit de cette épave n'a pas disparu, il a été transmis. Tranquillement. »

Evie croisa les bras. « Et si quelqu'un comme Maggie tombait sur cette vérité... »

« Ils voudraient qu'elle se taise, » a déclaré Annabel.

Elles se regardèrent.

« Nous devrions retourner, » dit Annabel doucement. « Pour s'assurer qu'elle va bien. »

Perséphone miaula une fois, déjà assise à la porte comme si elle s'y attendait.

***

Le chalet de Maggie avait l'air de ce qu'il était auparavant, mais d'une certaine manière, plus silencieux.

Les rideaux étaient tirés. L'un des plants de lavande en pot s'était renversé. La fenêtre de la cuisine brillait, mais la lumière à l'intérieur n'était pas chaleureuse. C'était comme un décor de théâtre, attendant le prochain acte.

Annabel frappa.

Pas de réponse.

« Maggie ? » a-t-elle appelé.

Evie jeta un coup d'œil par la fenêtre latérale. Sa voix baissa. « Il y a quelque chose sur le sol. »

Perséphone s'accroupit près du seuil de la porte ; oreilles aplaties. Elle n'a pas miaulé.

Annabel essaya la poignée.

La porte s'est ouverte.

***

L'odeur les frappa instantanément : du sucre brûlé, quelque chose de floral et quelque chose de piquant et d'aigre en dessous de tout cela.

« Maggie ? » Annabel entra dans la cuisine.

Puis elles l'ont vue.

Elle était effondrée sur le sol, un bras tendu vers la chaise, l'autre inerte à ses côtés. Ses yeux étaient fermés, sa peau trop pâle. Pas de sang. Aucune blessure évidente.

Annabel s'agenouilla « Elle respire. Faible, mais sûrement. »

Evie sortit son téléphone, les doigts déjà en train de composer. « J'appelle une ambulance. »

Annabel scruta la pièce. Rien d'autre n'était déplacé.

Aucun signe d'entrée forcée. Pas de verre brisé. Son sac à main et ses bijoux étaient intacts.

« Ce n'était pas un vol, » a-t-elle déclaré.

Puis elle le vit : un coin de papier de carnet brûlé qui sortait de sous le placard contre lequel Maggie s'était affalée.

Perséphone s'élança en avant, s'accroupit et la tapota vers Annabel d'un léger battement de patte.

Annabel le ramassa avec précaution. Les bords étaient brûlés, l'encre tachée, mais une ligne était encore visible :

« *Pas seulement à propos de l'or... »*

Elle baissa les yeux vers Maggie. Puis à Evie.

« Elle a laissé entrer quelqu'un, » dit Annabel doucement. « Quelqu'un en qui elle pensait pouvoir avoir confiance. »

La mâchoire d'Evie se serra. « Et ils l'ont pris ? »

« Peut-être, » a dit Annabel. » Ou peut-être... Ils ont pris quelque chose qu'elle a dit. »

Sa voix baissa encore plus.

« Ce que Maggie savait n'était peut-être pas du tout dans le carnet. »

Chapitre 6

L'air de Little Firling avait changé.

Annabel l'a ressenti au moment où elle et Evie ont mis le pied dans le village. C'était la façon dont les rideaux se contractaient une seconde de trop, la façon dont les salutations étaient coupées et les conversations s'arrêtaient juste assez longtemps pour marquer un changement.

Perséphone les suivait avec une grâce concentrée, son pelage noir lisse comme de l'encre, ses yeux dorés absorbant tout.

Le village bourdonnait, non pas d'activité, mais de tension.

Elles passèrent devant Ronnie Parkes, le facteur, qui inclina sa casquette comme un homme cachant de la dynamite dans son sac postal. « Matin, dit-il, puis il ajouta d'un ton conspirateur, j'ai entendu que Maggie était toujours inconsciente. C'est drôle... Certaines personnes ont envoyé des fleurs avant même que l'hôpital ne publie la nouvelle. »

Il fit un clin d'œil et s'éloigna avec toute la subtilité d'une fanfare.

Evic leva un sourcil. « Est-ce qu'il vient de bavarder en morse ? »

Annabel sourit. « Je pense que c'était un oui, un avertissement et une légère menace déguisée en compliment. »

***

Premier arrêt : la boutique de jardinage de Kitty, où elle transformait un plateau de pensées d'hiver en un arrangement qu'ils n'appréciaient visiblement pas.

« Oh, Maggie, bénis soit son cœur, » gazouilla Kitty sans se retourner. « Terrible affaire. J'espère que ce n'était pas quelque chose... de dramatique. »

Annabel pencha la tête. « Est-ce qu'elle t'a déjà parlé d'Ernie ? »

Kitty s'arrêta une fraction de seconde. — « Oh, il était toujours là, n'est-ce pas ? Cartes et marmonnement. Il a dit qu'il travaillait sur quelque chose *de grand.* L'histoire locale et tout ça. »

Evie ne dit rien, mais Perséphone éternua ostensiblement hors du sentier.

« Charmante créature, » dit Kitty entre ses dents.

***

Plus loin dans la ruelle, Felix Barlow repositionnait un tract avec l'énergie de quelqu'un qui essaie d'effacer l'histoire avec une agrafeuse.

« Tu fouilles encore ? » demanda-t-il, sans lever les yeux.

« Tu espères une conclusion littéraire ? »

« Nous essayons juste de comprendre sur quoi Ernie travaillait, » a déclaré Annabel.

Felix leva les yeux au ciel. « Il poursuivait les contes de fées. Caisse onze, de l'or perdu, des cartes fantômes. »

Evie s'approcha. « N'as-tu pas écrit sur la Jument Dorée dans le trimestriel du village ? »

« J'écris sur des faits, » a rétorqué Felix. « Pas un fantasme de pub. »

Il s'éloigna en direction de nulle part, les bras raides.

Alors qu'elles se dirigeaient vers le pub, Annabel a murmuré : « Il est sur la photo. »

Evie cligna des yeux. « Félix ? »

« Sur le frigo de Maggie. Cette photo de groupe. Kitty. Rupert. Penfold, un peu derrière le treillis.

« Ce n'était pas seulement une garden-party, » a déclaré Evie. « C'était une liste. »

« Une liste de secrets, » a répondu Annabel.

***

Elles passèrent la digue, où la plage était presque déserte à l'exception d'une silhouette.

65

Graham Hargreaves, son long manteau claquant au vent, ses écouteurs sur les oreilles, balayant méthodiquement son détecteur de métaux.

« Il est toujours ici, » a déclaré Evie. « Si quelqu'un peut trouver une pièce de monnaie pliée de 1863 ou un clou de l'invasion normande, c'est bien Graham. »

Elles ont regardé Graham Hargreaves s'arrêter au milieu d'un balayage sur la plage, s'accroupir et déterrer soigneusement quelque chose dans le sable. Il le fixa pendant un long moment, puis commença à marcher sur la pente vers eux.

Evie marmonna : « C'est nouveau. Habituellement, il disparaît comme un cryptide après avoir trouvé quelque chose. »

Graham s'arrêta devant eux, le vent ébouriffant ses cheveux gris sous un bonnet de laine usé. Il lui tendit une petite pochette en tissu.

« Je pensais que vous pourriez vouloir ça, » a-t-il dit.

Annabel le prit doucement. À l'intérieur, une pièce de monnaie – vieille, ternie par l'âge et gravée d'un motif qu'elle n'a pas immédiatement reconnu. Sur les bords, il y avait de minuscules marques qui auraient pu être des lettres... ou des symboles.

« C'est magnifique, » a-t-elle dit. « Savez-vous d'où ça vient ? »

Graham haussa les épaules. » Je ne l'ai pas trouvé. Elle m'a trouvé. »

Il se retourna pour partir, puis s'arrêta. « Tout ce qui est enterré ne veut pas rester ainsi. »

Perséphone renifla la poche, puis leva les yeux vers Graham avec ce qu'on ne pouvait décrire que comme une approbation solennelle.

« Merci, Graham, » a dit Annabel.

Il n'a pas répondu. Il s'est juste éloigné vers les rochers lointains, le détecteur de métaux se balançant comme un pendule du destin.

Evie lui donna un coup de coude. « Eh bien, ce n'était pas de mauvais augure du tout. »

Annabel rangea la pochette dans son sac. « Espérons simplement que c'est un indice, pas une malédiction. »

Les oreilles de Perséphone se contractèrent. « Encore un murmure du passé, » murmura Annabel.

***

Le pub du *Lièvre et le limier* était chaleureux, sombre et résonnait de conversations à voix basse. L'odeur de la bière et des rôtis du dimanche persistait dans le bois.

Henry Griggs, le barman, leur fit un signe de tête solennel. « Le coin arrière est calme. »

Perséphone sauta sur son tabouret habituel avec un flair aristocratique.

« Pâté de sardines ? » demanda Henry.

Elle a gazouillé une fois. Confirmé.

Evie secoua la tête. « Elle a un meilleur service à table que moi. »

« Ne le prends pas personnellement, » dit Henry. « Elle te lance des regards noirs. »

***

À une table voisine, Bertie le boucher s'est penché près de Bea Simmons, qui buvait un cidre.

— J'ai toujours dit que le sourire de Kitty était trop large, » murmura Bertie.

« Plus large que ses plates-bandes, » approuva Bea. « Et Félix ? Il cache quelque chose. Probablement sous ces horribles coudières. »

Dans un coin, Frankie le pêcheur buvait une pinte et murmurait pour lui-même : « La mer n'oublie pas. Elle se souvient. Et elle attend. »

Deux sièges plus bas, Tobias Marsh regardait sa tasse comme si elle contenait le passé.

« Il était après la Caisse onze, » dit doucement Toby.

Annabel se tourna vers lui. « Ernie ? »

« Oui. Comme les autres, mais plus fort. Il n'arrêtait pas de demander. »

Evie se pencha. « A-t-il trouvé quelque chose ? »

Toby tapota le bord de sa tasse. « Mon grand-père a laissé une lettre. Il disait que le naufrage n'était pas un accident. Il disait que des choses s'étaient échouées sur le rivage alors qu'elles n'auraient pas dû. »

Les yeux d'Annabel s'illuminèrent. « L'avez-vous toujours ? »

« Enfermée, » a dit Toby. « Et elle le restera jusqu'à ce que je sache que c'est sûr. »

Il retourna au silence comme un pont-levis qui se referme.

***

Près de la cheminée, Mme Penfold fit tinter son verre contre celui de Bea. « Je leur ai dit que si Ernie continuait à renifler, il finirait comme les archives de Florence Kemp – poussiéreuses, non lues et pleines de choses qu'il valait mieux laisser tranquilles. »

Annabel se redressa. « Florence Kemp ? »

Evie hocha la tête. « Florie. Ancienne bibliothécaire. Elle conserve toujours les vraies archives dans son chalet. Le genre avec de vraies fiches et des notes autocollantes manuscrites. Elle ne prête pas. Elle *garde*. »

« Ernie était là ? » demanda Annabel.

« Plus d'une fois, » dit Penfold. « Je ne sais pas ce qu'il lui a demandé mais cela lui a fait réagir. »

***

Dehors, le crépuscule avait peint les toits des villages d'un bleu plus profond.

Perséphone sauta de son tabouret et s'avança à pas feutrés. Henry essuya silencieusement son assiette, comme si cela faisait partie de sa routine.

Annabel resserra son écharpe.

« Demain, dit-elle, nous rendons visite à Florie Kemp. »

« Avec ou sans rendez-vous ? » a demandé Evie.

« Avec Perséphone, » répondit Annabel. « Personne ne lui refuse l'accès. »

Chapitre 7

Le lendemain matin, brumeux et frais, le genre de silence gris des Cornouailles qui rendait les secrets un peu plus bruyants.

Annabel ajusta la bandoulière de son cartable, y fourra un bloc-notes, ses lunettes de lecture et trois sujets de conversation soigneusement rédigés. Evie arriva dix minutes en avance, avec un café et un sourire.

« Elle n'est pas vraiment amicale, » a averti Evie pendant qu'elles marchaient. « Une fois, elle a refusé de prêter un livre au vicaire parce qu'il lui avait rendu un autre livre avec une miette de biscuit dedans. »

« Et pourtant, » dit Annabel, « tu penses qu'elle nous laissera consulter ses archives privées ? »

Evie brandit un petit récipient en aluminium. « Je lui ai apporté des crèmes à la menthe poivrée. »

Annabel sourit. « Tu es venue préparée. »

« J'ai aussi apporté la véritable offensive de charme. » Elle baissa les yeux. « Tu viens, princesse ? »

Perséphone sortit de dessous la haie avec toute l'autorité calme d'une femme qui n'a jamais payé de loyer.

***

Le chalet de Florie Kemp se trouvait juste à la périphérie du village, caché derrière un enchevêtrement d'aubépine et de rosiers grimpants. Cela ressemblait exactement au genre d'endroit où les secrets étaient classés par ordre alphabétique et où personne n'osait s'aventurer sur le chemin de mousse.

Evie frappa deux fois. Puis encore.

Elles ont attendu.

Rien.

Puis, lentement, la porte s'ouvrit en grinçant, juste assez pour qu'un œil vert perçant puisse scruter l'extérieur.

« Oui ? »

« Bonjour, Florie, » gazouilla Evie. « Tu as l'air radieux comme toujours. »

« Je sais que tu mens. Que veux-tu ? »

« Nous sommes venues avec des crèmes à la menthe poivrée, » dit Evie, en tenant la boîte, « et une question sur Ernie Liddel. »

Une pause.

Puis la porte s'ouvrit un peu plus largement. « Qui est ton amie ? »

Annabel s'avança. « Annabel Lennox Deighton. J'habite dans le chalet qui appartenait autrefois à … »

« Oui, oui. Celui que Rupert essaie sans cesse de gentrifier. »

Puis le regard de Florie se baissa.

À la fourrure noire. Les yeux vert-or. La chatte, maintenant assise sereinement sur le pas de sa porte comme un juge attendant un témoignage.

« Oh, » a dit Florie. « Eh bien. Si elle approuve… entrez. »

***

Le chalet sentait la menthe poivrée, le papier et la défiance. Les murs étaient tapissés d'étagères du sol au plafond – dépareillées, surchargées, cataloguées avec amour dans de petites étiquettes manuscrites.

Une horloge de grand-père faisait tic-tac quelque part à l'arrière comme si elle jugeait tout le monde.

« Asseyez-vous, » dit Floric, désignant une paire de chaises anciennes qui semblaient assez fermes pour améliorer la posture par la force.

Perséphone, naturellement, sauta sur un rebord de fenêtre bas et commença immédiatement à se nettoyer une patte, signalant sa satisfaction silencieuse.

« Tu as dit que tu avais une question sur Ernie ? »

« Nous pensons qu'il a peut-être découvert quelque chose d'important, » a déclaré Annabel. » Lié à la Jument Dorée. Et à l'effondrement de Maggie Cooke.

Florie s'assit, joignant les mains. « Il est venu me voir deux fois. Première fois avec des questions. Deuxième fois avec *des preuves*. »

Annabel et Evie échangèrent un regard. « Quel genre de preuve ? »

Florie se leva sans dire un mot et disparut dans l'arrière-salle.

Perséphone la suivit, la queue se balançant comme si elle avait été convoquée à une réunion du conseil.

Quand Florie revint, elle tenait un petit carnet noir, relié en cuir, vieilli et fermé par un morceau de ficelle verte.

« C'était sa sauvegarde, a-t-elle dit. »

Evie cligna des yeux. « Il avait une sauvegarde ? »

« Il était plus qu'on ne le pensait », a déclaré Florie. « Il savait que quelqu'un pourrait prendre l'original. Il m'a laissé celui-ci. Il m'a dit de ne pas dire un mot à moins qu'il ne lui arrive quelque chose. »

Annabel le prit avec soin. Le carnet était plus lourd qu'il n'en avait l'air. Pesé d'inquiétude.

« Nous croyons qu'il a été poussé du haut de la falaise, » dit doucement Annabel.

La bouche de Florie s'amincit. « Alors vous feriez mieux de le lire. Mais pas ici. Je ne veux plus de cette chose chez moi maintenant que l'histoire bouge. »

« Tu déménages ? » a demandé Evie.

« Les secrets ne restent pas immobiles, ma chère. Elles avancent. »

Annabel glissa le carnet dans son cartable.

Florie croisa les bras. « Encore une chose. »

Elles se retournèrent.

« Vous n'êtes pas les premiers à venir poser des questions sur Caisse onze. »

« Qui d'autre ? » demanda Annabel.

Florie eut un sourire lent et pointu.

« Quelqu'un sur la photo sur le frigo de Maggie. »

***

Alors qu'elles sortaient à nouveau dans le froid, Perséphone s'enroula entre les jambes d'Annabel, puis trotta en avant comme si elle venait de clore une affaire.

Evie expira. « Nous avons le carnet. »

« Et nous avons une liste de noms, » a déclaré Annabel.

Evie lui jeta un coup d'œil. « Et maintenant ? »

Les yeux d'Annabel étaient perçants.

« Nous voyons ce qu'Ernie essayait de nous dire. »

Chapitre 8

De retour à Honeystone Cottage, la bouilloire était allumée, les rideaux étaient tirés et Perséphone avait revendiqué sa position préférée – affalée luxueusement sur l'accoudoir du canapé, regardant Annabel et Evie avec l'air d'un agent littéraire félin examinant un manuscrit risqué.

Annabel dénoua la ficelle verte du carnet de sauvegarde d'Ernie. La housse en cuir était usée, ses coins mous à cause de la manipulation. La première page était blanche, mais la seconde ne contenait qu'une seule ligne en écriture ordonnée et délibérée :

« S'ils ont découvert cela avant que je ne meure, ce n'était pas un accident. »

Evie cligna des yeux. « Réconfortant. »

Annabel tourna la page. L'écriture était soignée au début, devenant peu à peu plus frénétique, comme si elle avait été écrite à la hâte ou par peur. Les entrées étaient datées, pas de manière cohérente, mais suffisamment pour former une chronologie.

* * *

Extraits du carnet :

3 juin

Caisse Onze à nouveau. Le manifeste dans les registres paroissiaux est incomplet. Quelque chose a été enlevé et recouvert. Le nom d'Elias Hale est partout – mais pourquoi tant de caviardages ?

17 juillet

Maggie dit que sa grand-mère se souvenait de la nuit de l'accident. Lanternes sur les falaises. Ce n'est pas un accident. Ils ont allumé le signal eux-mêmes. Qui d'autre l'aurait cru ?

2 août

J'ai trouvé le grand livre. Vieux, endommagé par l'eau, mais assez clair. Paiements effectués *après* le naufrage. Pas des fonds de sauvetage. Versements. Aux villageois.

15 août

Quelqu'un m'observe.

29 août

J'ai laissé le grand livre à quelqu'un de sûr. S'ils viennent pour le carnet, au moins il y a une piste. Je pense que c'est quelqu'un de proche. Sur la photo. Toujours souriant.

Dernière entrée (non datée)

Il y a quelque chose sous le plancher de l'ancien moulin. Caché dans les poutres. Je dois en être sûr. Ensuite, j'irai voir Tobias. Il a la lettre. Il *sait*.

***

Annabel ferma le livre lentement.

« Le grand livre n'est pas là, » a-t-elle dit. « Il l'a caché. Et il nous a laissé la piste. »

Evie fronça les sourcils. » 'Quelqu'un sur la photo. Toujours souriant'. Kitty ? »

« C'est une prétendante, » a déclaré Annabel. « Mais Penfold l'est aussi. Ainsi que Rupert. »

« Et Tobias, » a ajouté Annabel. « Il est la prochaine étape. Il a la lettre qu'Ernie allait voir. »

Evie se leva. « Allons-y. »

Perséphone agita la queue comme pour dire *enfin*, et sauta à terre.

✳✳✳

Le chalet de Tobias Marsh se dressait un peu à l'écart de la rue principale, à moitié camouflé dans le lierre et les embruns salés. Le jardin était sauvage, la porte s'ouvrait de travers et une vieille chaise en bois était posée en permanence à l'extérieur comme un gardien de phare à la retraite.

Tobias ouvrit la porte avant qu'elles ne frappent.

« Vous êtes en avance, » dit-il, non sans gentillesse. « Le thé est déjà servi. »

Elles le suivirent, se cachant sous les feux de croisement et l'odeur des herbes séchées.

Perséphone a immédiatement trouvé un endroit ensoleillé et a commencé à se toiletter.

« Je n'allais pas la montrer, » a-t-il dit en fouillant dans un tiroir. » Pas même à Ernie. Mais il s'en rapprochait. Et maintenant... eh bien. Je pense qu'il a payé pour cette proximité. »

Il revint avec un morceau de papier épais plié, jauni par l'âge et attaché avec un ruban rouge délavé.

« C'est de mon grand-père, » a-t-il dit. « Il était un jeune homme lorsque l'accident s'est produit. Mais il était là. Il a vu les lanternes sur les falaises. »

Annabel la prit avec respect.

La lettre :

12 décembre 1891

J'écris ceci pour personne d'autre que pour la vérité. Nous avons allumé les lanternes cette nuit-là pour ramener le navire à terre. Ce n'était pas le hasard. C'était une décision. Elias Hale nous a payés – moi, Jonah Rook et Sam Griggs. Il a dit que la cargaison lui appartenait de droit. Il nous a dit que c'était seulement de l'or, mais j'en ai vu plus. Un coffre. Lourd. Verrouillé avec un symbole étrange sur le loquet.

Après le naufrage, il a fait disparaître le grand livre. Il a dit que c'était trop dangereux.

Que quelqu'un d'autre nous observait. Nous n'avons jamais revu le coffre.

J'ai peur de porter ce poids dans la tombe.

***

Evie se pencha en arrière. « Ce n'est plus seulement une théorie. »

Annabel hocha lentement la tête. » Cela prouve que l'épave a été mise en scène. Qu'Elias Hale a payé les villageois. Que l'artefact, quel qu'il soit, a disparu. »

Tobias se gratta le menton. « Ernie pensait qu'il était toujours là. Il a dit quelque chose sur le moulin. »

« Nous allons vérifier là-bas, » a dit Annabel. « Mais prudemment. »

Elle rendit la lettre. « Merci, Toby. C'est important. »

Il hocha légèrement la tête. » Gardez un œil sur cette chatte. Elle voit plus que vous. »

Perséphone cligna solennellement des yeux. Approuvée.

***

Alors qu'elles sortaient dans la lumière de la fin de l'après-midi, Annabel baissa les yeux sur son cartable.

« Maintenant, nous avons un nom. Un rendez-vous. Un coffre. Et un grand livre manquant. »

« Et une liste croissante de personnes sur cette photo, » a ajouté Evie.

L'expression d'Annabel s'aiguisa. « Ensuite, nous trouvons l'artefact. »

Perséphone sauta sur le mur du jardin et les regarda comme pour dire :

« Qu'est-ce qui t'a pris si longtemps ? »

Chapitre 9

Elles arrivèrent au vieux moulin au moment où le soleil plongeait sous l'horizon, baignant la vallée d'une étrange pénombre qui semblait empruntée à un autre temps.

Le bâtiment résistait obstinément aux années : toit en ardoise rapiécé, murs patinés, porte encore légèrement pendue. Autrefois, il traitait le grain. Maintenant, il traitait les murmures.

Evie ajusta sa lampe de poche. « Alors, tu penses qu'Ernie voulait dire ici ? »

Annabel hocha la tête. « Il a dit qu'il y avait quelque chose sous le plancher. Dans les faisceaux. S'il avait raison... c'est là que Caisse onze se termine. »

Perséphone avançait, enjambant légèrement des dalles inégales comme si elle y avait vécu dans une vie antérieure. Elle s'arrêta près de la porte, se retourna et miaula une fois. Le genre sérieux.

Evie cligna des yeux. « Cela sonnait comme un avertissement. »

Annabel poussa la porte.

***

À l'intérieur, l'air était frais et humide, chargé de poussière, de vieux bois et d'une légère odeur d'air marin qui parvenait jusqu'ici à l'intérieur des terres. La lumière filtrait par les fentes des fenêtres condamnées. Tout grinçait.

Le rez-de-chaussée était vide, à l'exception de vieux tonneaux, d'une roue rouillée et d'ombres.

« Alors, par où commencer ? » murmura Evie.

Annabel désigna l'autre côté. « Les poutres de soutien. Cherchez quelque chose d'inhabituel. »

Elles se sont séparées. Perséphone s'attarda près d'une rangée de planchers, reniflant intensément. Elle donna un coup de patte à une étroite fente.

Annabel s'agenouilla à côté d'elle.

La poutre était usée, mais une planche était plus foncée que les autres. Comme s'il avait été touché plus souvent.

Elle passa sa main le long de celle-ci, puis s'arrêta. Là, près de la base, il y avait une petite échancrure. Circulaire. Environ la taille d'une pièce de monnaie.

« Evie, » dit-elle doucement. « Je crois que j'ai trouvé quelque chose. »

Evie est venue, braquant la lampe de poche. « Est-ce que c'est... un trou de serrure ? »

« Non. » Annabel sortit de son sac la petite pochette contenant la pièce que Graham lui avait donnée plus tôt dans la journée.

Elle l'enfonça dans le cercle.

Un clic doux.

La planche se déplaça.

D'un souffle, elles le soulevèrent ensemble.

***

Sous le sol se trouvait un compartiment peu profond. À l'intérieur, enveloppé dans des couches de toile cirée et attaché avec un ruban délavé, se trouvait un livre relié en cuir.

Pas un grand livre. *Le* grand livre.

Evie expira. « Nous l'avons trouvé. »

Annabel le libéra, les mains tremblantes légèrement.

Elle l'ouvrit lentement.

Des pages et des pages de transactions. Prénoms. Sommes d'argent. Et dans les marges, d'étranges symboles, dont l'un correspondait à la marque qu'Ernie avait copiée dans son carnet.

Mais ensuite... un autre son.

Un pas.

Pas les leurs.

Derrière eux.

***

Elles se sont figées.

Perséphone siffla, basse et aiguë comme un rasoir.

Evie leva sa torche.

La porte grinça de nouveau.

Quelqu'un était là.

Attentif.

Et puis, disparu. Une forme s'échappant dans la lumière déclinante.

Evie sprinta vers la porte mais ne vit que le dernier scintillement de mouvement se dirigeant vers les arbres.

« Ils nous observaient, » a-t-elle dit. « Ils attendaient peut-être. »

Annabel serra le grand livre contre sa poitrine. « Ils savent que nous l'avons maintenant. »

Perséphone sauta sur une poutre et regarda la porte comme si elle savait exactement de qui il s'agissait.

***

Dehors, le crépuscule s'était épaissi. Les lumières du village s'animaient au loin. Le vent portait le bruit de la mer et quelque chose de plus froid en dessous.

« Ils viendront pour ça, » dit Annabel en tenant le livre.

Evie hocha la tête. « Ensuite, nous nous assurons que cela se termine ici. »

Annabel regarda Perséphone, perchée comme une statue, la queue battante.

« Laissez-les venir, » a-t-elle dit.

Chapitre 10

Elles étendirent le grand livre ouvert sur la table de la cuisine d'Annabel.

Le livre sentait le bois humide et quelque chose de métallique, comme de l'encre et de la vieille culpabilité. Ses pages étaient épaisses et texturées, écrites d'une main acérée et oblique qui exigeait le respect. Perséphone était assise dans un coin de la table ; Les yeux fixés dessus comme si elle s'y attendait à un sifflement.

Annabel a feuilleté les premières entrées.

Evie se pencha. « Ces noms... Ce sont tous des villageois. »

« Ou des ancêtres des villageois, » a déclaré Annabel. « Et pas seulement des gens de 1891. Regarde les entrées ultérieures – elles durent des *décennies.* »

Registres de paiement. Notes de réunion. Les marges détenaient les vrais secrets.

Griffonnées à l'encre, des phrases comme :

«C11 sécurisé. Grand livre déplacé. »

« Renforcez les supports des tunnels. »

« Penfold a de nouveau averti – les lèvres lâches. »

« R. Hale organisant la discrétion. »

Evie pointa du doigt ce dernier. « C'est *le grand-père de Rupert,* n'est-ce pas ? »

« Ou peut-être son père, » dit Annabel. « Les Hales ont toujours détenu les clés. »

« Et Penfold, attends. » Evie retourna quelques pages en arrière. « Ici. La famille de Felix Barlow. Un certain 'J. Barlow' a été indemnisé après le naufrage. »

L'expression d'Annabel s'assombrit. « Le nom de famille de Kitty est Simmons. Regarde ici : B. Simmons – couverture de stock de boulangerie, décembre 1891. »

« Tout le monde sur cette photo, » dit lentement Evie, « a un lien avec ce livre. »

***

Elles ont fait une liste.

Chaque nom. Chaque lien. Et une nouvelle question à côté de tout le monde.

À la fin, la page était bondée :

Rupert Hale — liens fonciers, propriété foncière, liens avec l'ancien moulin

Mme Penfold — la famille liée à la communication et à la répression de la dissidence

Felix Barlow — possible historien rival ou gardien de la honte familiale

Kitty Simmons — distraction joyeuse ou diversion délibérée

Tobias Marsh — la lettre, le témoin

Bea Simmons — parente de Kitty ? Liée aux écritures du registre alimentaire ?

***

La sonnette retentit. Elles se sont figées.

Evie jeta un coup d'œil par la fenêtre. « Quand on parle du diable, » murmura-t-elle.

C'était Rupert Hale.

Habillé impeccablement. Les cheveux étaient juste assez balayés par le vent pour être dignes de confiance. Souriant comme un homme qui ne s'est pas contenté d'enterrer un secret de village.

Annabel glissa le grand livre sous un torchon et ouvrit la porte juste une fissure.

« Rupert, » a-t-elle dit, la voix froide.

« Annabel, » a-t-il souri. » J'espère que je ne vous dérange pas. Je déposais juste un petit quelque chose. Tu l'as laissé dans la boutique du village. »

Il tendit un bout de papier — un reçu. Inoffensif.

Trop inoffensif.

« Merci, » dit-elle sans tendre la main vers lui.

Il n'est pas parti.

Au lieu de cela, il regarda par-delà son épaule, les yeux fixés sur la table de la cuisine. Son regard se posa – une fois – sur le livre couvert du torchon.

« Tu sais, » dit-il d'un ton désinvolte, « ce village a le don d'envelopper les gens dans ses histoires. Tu verras qu'il vaut mieux laisser certaines tranquilles. »

Annabel soutint son regard. « Et certaines valent la peine d'être terminées. »

Son sourire ne faiblit pas. Mais il n'atteignait plus ses yeux.

« Fais-moi savoir si tu as besoin de quoi que ce soit, » a-t-il dit doucement. « Je garde toujours une clé de rechange pour ton chalet. Par courtoisie. »

Elle ferma la porte avant qu'il n'ait fini sa phrase.

Evie expira. « Subtil. »

Perséphone laissa échapper un grognement sourd.

***

Ce soir-là, elles ont verrouillé toutes les fenêtres.

Le grand livre fut placé dans un coffre-fort qu'Annabel avait presque oublié qu'elle avait, caché derrière ses livres de romans policiers anciens.

Perséphone se blottit sur le toit du coffre-fort.

Le garder.

Comme si elle comprenait tout.

Et quelque part dans le village, quelqu'un planifiait déjà son prochain mouvement.

Chapitre 11

La pluie chuchotait contre les fenêtres de Honeystone Cottage, le genre de bruine lente et régulière qui brouillait le monde et faisait persister les ombres. Le feu crépitait doucement.

Perséphone somnolait sur le rebord de la fenêtre... ou du moins feint de le faire.

Ses oreilles restaient tremblantes. À la table de la cuisine, Annabel tourna les pages du grand livre comme s'il allait mordre.

« Cette écriture change ici, » murmura-t-elle.

Evie se pencha. « Ce n'est pas Rook ? »

« Non. Une main différente. Plus délibéré. Quelqu'un d'autre a pris le relais. »

Elles ont retracé les inscriptions. Les premiers – pressés, anxieux. Les derniers — méticuleux. Calme, même. Mais le contenu ? Tout le contraire.

***

Mai 1939

Rook a disparu. Il a emporté sa culpabilité avec lui. L'or persiste encore. Les mensonges aussi.

Octobre 1978

Le petit-fils de Hale se lève. Tout comme son père. Il ne croit pas aux fantômes, mais il en est un.

***

Annabel s'arrêta sur la dernière page.

Si vous avez trouvé ça, je ne suis plus là...

Je l'ai écrit parce que quelqu'un devait le faire.

Laissons la vérité respirer à nouveau.

— J.R.

***

Elles restèrent assises en silence pendant un moment.

Puis Evie a dit, calmement : « Tu te rends compte que nous détenons la seule copie de la vérité. »

Annabel hocha lentement la tête. « Et il est dans ma maison, ainsi que le carnet d'Ernie. »

Elle regarda vers la porte d'entrée, se souvenant du sourire parfait de Rupert – et de la façon dont ses yeux s'étaient tournés, sans y être invités, vers sa table de cuisine.

« Je garde toujours une clé de rechange pour ton chalet... »

Son thé avait refroidi.

Evie l'observa. « Annabel... Tu ne crois pas qu'il nous ait suivis jusqu'au moulin, n'est-ce pas ?

Annabel ne répondit pas. Son esprit s'emballait déjà.

Rupert était apparu beaucoup trop tôt après leur découverte. Personne n'*aurait dû* savoir qu'elles étaient allées au moulin. Mais d'une manière ou d'une autre, il l'a fait. Et s'il avait une clé du chalet...

« Est-ce que c'est juste Rupert ? » murmura Annabel. « Ou quelqu'un d'autre y a accès ? »

« Maggie, » dit Evie, hésitante. » Avant qu'elle ne tombe dans ce coma. Elle avait l'habitude d'aérer l'endroit. S'assurer qu'il reste habitable. »

118

Perséphone s'agita, sauta à terre et se dirigea vers la porte de la cuisine. Elle resta assise. Attentive.

Evie suivit son regard.

« Tu l'as verrouillé, n'est-ce pas ? »

Annabel hocha la tête. « Et celui de derrière. Mais si quelqu'un *voulait* entrer... »

Evie se leva. « Nous déplacerons le carnet et le grand livre. Quelque part où personne ne regarderait. »

Annabel fixa le grand livre pendant un long moment.

« Ça ne va pas, » dit-elle doucement. « Ce n'est plus un simple mystère. C'est quelque chose que des gens ont tué pour le garder enfoui. »

Evie croisa les bras. « Et maintenant, il est sur votre table de cuisine à côté d'un bol de fruits. »

Elles enveloppèrent le grand livre dans un vieux pull et le glissèrent dans le petit coffre-fort mural caché derrière la rangée de romans policiers vintage d'Annabel. Le cahier est entré aussi. Le cadran se referma avec un clic.

Perséphone se leva immédiatement et se gara sur l'étagère au-dessus.

Garde.

Comme toujours.

***

Plus tard, près du feu, Evie s'est recroquevillée dans le fauteuil, une couverture et un regard de plus en plus inquiet sur son visage.

Annabel regardait dans les flammes.

« Je ne suis pas détective, » murmura-t-elle. « J'étais professeur de littérature. J'avais l'habitude de lire des romans policiers. Maintenant, j'en vis un. Et je ne sais plus où se trouve la limite. »

Evie leva les yeux. » Tu sais ce que je pense ? Je pense que tu as toujours été destiné à résoudre quelque chose de plus grand que la fiction. »

Annabel sourit, mais il n'atteignit pas tout à fait ses yeux. « Je ne m'attendais pas à ce que la fiction me résiste. »

Dehors, la pluie s'est transformée en vent. Un volet claquait contre le mur.

Le regard d'Annabel se tourna vers les fenêtres sombres.

« Ceux qui ont caché ce grand livre... voulaient qu'on finisse. Mais finir pourrait signifier réveiller tout ce qu'ils ont essayé d'enterrer. »

Evie leva sa tasse. « Alors, assurons-nous que ce soit nous qui écrivons la dernière page. »

Chapitre 12

La foire printanière de Little Firling a toujours été la forme de distraction de masse préférée du village.

Les bruants pendaient mollement dans la brise humide, les échoppes bordaient le vert et l'odeur de la pâte sucrée, des rouleaux de saucisses et de l'herbe mouillée s'accrochait à tout.

Il y avait des enfants qui couraient autour de l'arbre de mai, des retraités qui discutaient des textures des éponges, et quelque part – comme toujours – Ronnie le facteur distribuait des potins aussi naturellement que des tracts.

Mais cette année ?

Quelque chose n'allait pas.

Trop d'yeux se croisèrent. Trop de sourires s'étirèrent. Les rires semblaient performatifs, comme si le village montait un spectacle auquel il ne croyait plus.

***

Annabel se tenait à côté d'Evie à la tente de thé, serrant des gobelets en papier de breuvage laiteux et regardant la foule comme si elle parcourait une couverture d'Agatha Christie.

« Rupert n'est pas là, » a dit Evie en sirotant.

« Ce qui est bizarre, car il préside généralement la vente aux enchères de confitures et fait l'éloge de la crème au citron de tout le monde comme si elle était plaquée or. »

Le regard d'Annabel balaya le vert. « Kitty non plus. »

Evie fronça les sourcils. « Kitty ne rate jamais une foire. C'est grâce à elle que la catégorie « meilleur bouquet d'herbes » existe. »

Perséphone, nichée dans son panier de voyage sur la table derrière eux (hautement illégal, absolument incontestée), laissa échapper un petit cri inquisiteur.

Un avertissement.

Annabel se retourna au moment où Bea Simmons s'approchait, les joues rouges, le tablier saupoudré de farine et les yeux un peu trop brillants.

« L'après-midi, » a-t-elle dit, d'une voix trop joyeuse. « Beau temps pour ça. »

« Bien sûr, » répondit sèchement Evie, jetant un coup d'œil au ciel menaçant.

« Bonjour, » dit-elle d'une voix excessivement joyeuse. « Il fait un temps magnifique. »

« Bien sûr, » répondit sèchement Evie en jetant un coup d'œil au ciel menaçant.

Bea se pencha, puis baissa la voix. « Tu ne m'as pas entendue... mais Penfold est devenue silencieuse. Elle a annulé son groupe de lecture. Elle dit qu'elle ne se sent pas bien. »

Evie cligna des yeux. « Elle n'a jamais manqué un mardi depuis 1989. »

Bea hocha la tête. « Et Graham - n'a pas été vu depuis deux jours. »

Annabel se raidit. « Que voulez-vous dire, pas vu ? »

« Son compagnon de Penzance est venu le chercher ce matin. Il a dit qu'il était censé le rencontrer hier. Rien.

Bea jeta un coup d'œil autour d'elle, puis leur tendit une serviette en papier pliée.

« Je l'ai trouvé sous son tabouret habituel au Lièvre et le limier. Je ne l'ai pas dit à Henry. Je me suis dit... que vous le voudriez. »

Elle a disparu dans la foule avant qu'elles n'aient pu demander davantage.

Annabel déplia la serviette.

À l'intérieur se trouvait une note, écrite dans une écriture frénétique et exiguë.

Ils savent que je le lui ai donné.

J'aurais dû le brûler.

Je suis surveillé.

Si quelque chose se passe, regardez sous la roue rouillée.

Evie murmura : « C'est l'écriture de Graham. »

Annabel plia lentement le billet.

« Nous devons retourner au moulin. »

***

Comme elles s'éloignaient de la foire, les nuages au-dessus d'eux s'assombrirent.

De retour à la chaumière, Perséphone s'assit près de la porte, raide, la queue agitée.

« Quelqu'un était dans le jardin pendant notre absence, » dit doucement Evie, en montrant une empreinte de chaussure fraîche près du carré d'herbes aromatiques.

La voix d'Annabel était ferme. « Ils nous mettent en garde maintenant. »

Evie croisa son regard. « Ce qui signifie que nous sommes proches. »

Annabel hocha la tête. « Trop proches. »

Chapitre 13

Le moulin était plus sombre qu'elles ne s'en souvenaient. Le ciel, maintenant épais de nuages de pluie, avait étouffé les dernières lueurs printanières. Ce qui avait autrefois semblé être une relique oubliée se sentait maintenant... Regardé. Comme si l'air lui-même retenait son souffle.

Perséphone bondit des bras d'Annabel au moment où elles franchirent le seuil, s'avançant avec une autorité silencieuse. Sa queue était levée, ses pas lents et intentionnels.

Evie a cliqué sur sa torche. « Tu es sûr que c'était *cette* roue ? »

Annabel hocha la tête. « Graham a dit :
« Sous la roue rouillée ». Il ne reste plus que
le train principal près des poutres de
support. »

Elles se déplacèrent sur les planches du
plancher grinçantes, en prenant soin
d'éviter les fissures plus profondes. La roue
se trouvait dans le coin le plus éloigné, à
moitié effondrée, flanquée d'une pile de fûts
vides et d'un mur de pierre tachée de lierre.

Annabel s'accroupit à côté. C'était là, le
même faisceau. La même légère
indentation.

Elle sortit la pochette en tissu de la
poche de son manteau – celle que Graham
lui avait tendue quelques jours auparavant,
la pièce toujours nichée à l'intérieur.

Elle pressa la pièce dans la rainure.

Clic.

Un *léger rictus mécanique* résonna sous les planches. Un panneau caché s'est déplacé.

Evie s'avança. « Cela ne cesse jamais d'être effrayant. »

Ensemble, elles soulevèrent la planche.

***

L'odeur de la toile cirée et de l'âge se répandit comme un murmure.

À l'intérieur, niché dans un creux peu profond, se trouvait un livre relié en cuir – plus épais que le carnet d'Ernie, relié en cuir noir craquelé, les bords usés lisses.

Annabel l'a soulevé avec soin, comme si le poids n'était pas seulement physique.

Evie siffla. » Ce n'est pas celui d'Ernie. C'est... ?

Annabel hocha la tête. « Le grand livre. »

Elles l'ouvrirent sur un établi dans le coin le plus éloigné, où la lumière de la torche ne prendrait pas à travers les interstices des planches.

Les pages étaient denses – noms, dates, sommes. Chaque ligne est écrite avec précision.

Et puis, à mi-chemin, l'écriture a changé.

***

Mai 1939

Rook a disparu. Il a emporté sa culpabilité avec lui. L'or persiste encore.

Juin 1944

Les enfants des naufrageurs tiennent maintenant la ligne. Certains ne savent même pas ce qu'ils protègent.

Avril 1962

Ils ont essayé de détruire le livre. Je l'ai sauvegardé. Cette copie est tout ce qu'il reste.

Octobre 1978

L'héritier de Hale regarde. Fait semblant de ne pas voir. Mais il sait.

***

Evie murmura : « Il y a deux écrivains. »

Annabel hocha la tête. « Rook a commencé. Mais quelqu'un d'autre... quelqu'un qui en a hérité – l'a terminé. »

Elles atteignirent la dernière page.

Une encre différente. Une main plus lente.

***

Entrée finale

J'ai gardé la vérité aussi longtemps que j'ai pu. Je l'ai caché là où tout a commencé. Que le vent le protège.

Vous ne me connaissez peut-être pas. Mais si vous lisez ceci... Cela signifie que vous étiez censé le faire.

Laissons la vérité respirer à nouveau.

— J.R.

***

Elles restèrent silencieuses.

Même Perséphone interrompit sa patrouille silencieuse et resta parfaitement immobile près de la porte, comme si elle montait la garde.

Annabel ferma doucement le livre.

« Nous devons sortir cela d'ici. »

Evie hocha la tête. « Avant que quelqu'un d'autre ne le fasse. »

Elles sortirent dans l'air frais du soir, le cœur plus lourd, les pieds plus rapides.

Quelque part derrière eux, un plancher grinçait.

Mais quand elles se sont retournées, il n'y avait personne.

Seulement le bruit du vent à travers les chevrons brisés... et un doux miaulement de Perséphone, bas et avertissement.

Chapitre 14

La pluie avait cessé, mais l'air était humide et inquiet.

De retour à Honeystone Cottage, le grand livre était scellé à l'intérieur du petit coffre-fort mural d'Annabel, caché derrière une rangée de romans policiers vintage auxquels personne n'avait touché depuis des décennies. Perséphone, comme toujours, avait repris son poste au-dessus d'elle, comme un sphinx rancunier.

Evie a fait du thé. Fort. Pas de fioritures.

Aucun d'eux n'a dit grand-chose. Le silence n'était pas gênant – il *était en train de se charger.*

Puis…

Toc toc.

Deux tapotements doux et parfaitement synchronisés.

Annabel se figea, une tasse de thé à mi-chemin de ses lèvres.

Evie jeta un coup d'œil par la fenêtre latérale.

« Bien sûr, » murmura-t-elle. « C'est Rupert. »

Annabel soupira et posa sa tasse. « Laissez-le entrer avant qu'il ne frappe à nouveau et ne commence à bavarder avec les hortensias. »

Elle ouvrit la porte.

Et il resta là.

Rupert Hale — col de manteau tourné juste assez pour suggérer un drame, cheveux charmants au vent, yeux trop savants pour être confortables.

« Bonjour, » a-t-il dit avec ce sourire inébranlable. J'espère que je ne vous dérange pas. »

Annabel s'écarta. « C'est généralement le cas. »

« Ah, » gloussa-t-il. « Tu as toujours été plus futée que la plupart de nos importations locales. »

Evie planait dans la cuisine ; bras croisés. Pas hostile. Juste… préparée.

Rupert entra à l'intérieur, jetant un coup d'œil une fois – et une seule fois – vers la cheminée et l'étagère à côté.

Annabel l'a vu. Perséphone aussi. Sa queue battit.

« J'étais juste dans la zone, » a-t-il dit, en enlevant ses gants. « Je pensais que j'allais m'enregistrer. Vous avez été... Occupées, n'est-ce pas ?

La voix d'Annabel était calme. « Si vous voulez dire que j'ai assisté à la foire du village, oui. J'ai même pris une part de la tarte aux cerises douteuse de Bea Simmons. »

Le sourire de Rupert ne faiblit pas. « Non, je voulais dire l'*autre* type d'occupé. Le moulin. Promenades tardives. Conversations curieuses. »

Evie se hérissa. « Y a-t-il un problème, Rupert ? »

Il se retourna. — « Pas du tout. Juste un doux rappel que Little Firling a un moyen de *protéger sa paix.* Il vaut mieux laisser certaines histoires dans les pages où elles appartiennent. »

Annabel s'avança. « Certaines histoires n'ont jamais été racontées correctement au départ. »

Une pause.

Puis le regard de Rupert s'aiguisa légèrement.

« Je suppose que je devrais mentionner, dit-il doucement, que j'ai encore une clé de rechange pour ce chalet. C'est un peu un oubli, vraiment. De l'époque où c'était dans la famille. Quelques habitudes... s'attarder.

Il sourit plus largement.

Annabel n'a pas cligné des yeux. « Alors peut-être qu'il est temps de rompre avec ces habitudes. »

Rupert recula vers la porte, essuyant des peluches invisibles de sa manche.

« Eh bien. Je ne te garderai pas. »

Il se retourna, la main sur le bouton.

« Oh, » ajouta-t-il par-dessus son épaule, « et si vous tombez sur quelque chose de curieux – de vieux papiers, des affaires de famille – faites-le moi savoir. Je détesterais quelque chose... sensible de tomber entre de mauvaises mains. »

Il est parti.

La porte se referma derrière Rupert.

Le silence qui a suivi était plus lourd qu'il n'aurait dû l'être.

Annabel retourna lentement à la fenêtre. La voie était vide maintenant. Le vent s'était levé, juste assez pour faire vibrer le treillis.

Elle pressa ses doigts sur le rebord.

« Tu détesterais ça, n'est-ce pas, Michael ? » pensa-t-elle. « Tous ces chuchotements et ces postures. Tu lèverais les yeux au ciel et dirais que ça ne vaut pas la peine de faire des histoires. Puis tu ferais du café et tu m'aiderais quand même à déchiffrer. »

La douleur était basse dans sa poitrine – un écho familier. Émoussée. Pas partie.

Elle tendit la main et toucha le dos de son vieux carnet de cartes sur l'étagère.

Toujours là où elle l'avait laissé. Non ouvert, mais pas oublié.

« Eh bien, dit-elle à haute voix, la voix se stabilisant, nous sommes dedans maintenant. »

Derrière elle, Perséphone laissa échapper un trille bas d'approbation.

Puis Evie a explosé : « Il crie pratiquement qu'il sait que nous l'avons ! »

Perséphone grogna bas et profondément. Pas de peluches. Tous les avertissements.

Annabel se dirigea vers le coffre-fort et vérifia le cadran. Toujours verrouillé.

« Je ne pense pas qu'il bluffe, dit-elle doucement. « Il a la clé. Ou en avait un. Et maintenant, il veut nous ébranler.

Evie expira. « Eh bien, ça marche. »

Annabel se tourna vers la fenêtre et regarda Rupert disparaître dans la ruelle.

« Non. Pas encore. Mais il est inquiet. C'est bien.

Elle regarda Evie. « Maintenant, nous devons découvrir exactement ce qu'il cache – et qui l'aide à le cacher. »

Chapitre 15

Il était bien plus de minuit quand Annabel rouvrit enfin le grand livre.

Le coffre-fort grinça légèrement lorsqu'elle tourna le cadran. Les pages portaient encore cette vieille odeur, comme le sel, la moisissure et l'haleine longue. Evie était assise en tailleur sur le tapis avec son ordinateur portable, fouillant dans les registres de propriété en ligne et les archives de journaux à moitié oubliés. Perséphone était recroquevillée à côté d'elle comme un marque-page poilu et critique.

Annabel était assise à la table, une tasse fumante de thé à la menthe poivrée à côté d'elle.

« Je n'arrête pas de penser à ce que Rupert a dit, » murmura-t-elle.

Evie leva les yeux. « L'essentiel ? »

« Le truc du 'vous avez été occupées'. Il ne savait pas seulement que nous étions allés au moulin. Il *sait* ce que nous avons trouvé. Ou il soupçonne. »

« Peut-être les deux, » a déclaré Evie. « Il joue aux échecs pendant que tout le monde cherche encore l'échiquier. »

Annabel feuilleta à nouveau le grand livre. L'écriture s'était resserrée dans les dernières pages – plus anxieuse, plus consciente que le temps presse.

Puis elle s'arrêta.

Un nom.

« G.H. » – paiement pour dissimulation, suppression des doublons du registre Caisse 11 (1986)

Annabel fronça les sourcils. « G.H.... »

Elle attrapa le cahier de secours d'Ernie et commença à tourner les pages. Dans la marge de l'une des dernières entrées, griffonnée à côté d'un croquis du moulin, Ernie avait souligné trois initiales :

G.H. – sait. Il ne veut pas qu'il soit retrouvé.

Evie se pencha. « Ce n'est pas Graham Hargreaves, n'est-ce pas ? »

« Il le faut. » murmura Annabel. « C'est lui qui a trouvé la pièce. Et il me l'a donné – – mais et si c'était après avoir essayé de se débarrasser du reste. »

« Mais... il a disparu, » a déclaré Evie. « Il nous a laissé la note. Pourquoi aiderait-il et disparaîtrait-il ensuite ? »

Annabel se tourna de nouveau vers la serviette de table, celle que Bea leur avait donnée à la foire.

Ils savent que je le lui ai donné... J'aurais dû le brûler...

« Il avait peur, » dit Annabel. « Il savait quelque chose. Peut-être plus qu'il ne l'admettait. Et quelqu'un ne voulait pas qu'il parle. »

Evie fixa l'écriture du grand livre. « Il a été payé pour en retirer une copie. En 1986. Cela signifie que quelqu'un – peut-être le deuxième responsable du grand livre – l'avait copié. Et quelqu'un comme le père ou l'oncle de Rupert a payé Graham pour le retrouver et le détruire. »

« Mais Graham n'a pas détruit *cette* copie, » a déclaré Annabel. » Donc, soit il a échoué, soit... Il a menti. »

***

Le silence s'épaissit dans la pièce.

Puis Perséphone se leva.

Elle fit les cents pas sur le tapis, puis sauta sur la table, fixant fixement le grand livre, puis vers la porte.

Evie pencha la tête. « Est-ce qu'elle suggère que quelqu'un d'autre arrive ? »

Annabel sourit faiblement. « Non. Elle dit que nous avons ce que quelqu'un veut. Et ils savent où nous trouver. »

***

Annabel attrapa une nouvelle feuille de papier et commença à dessiner des colonnes.

L'épave d'origine

Les paiements

Le deuxième gardien du grand livre

Graham

Le doublon manquant

Rupert

Evie se pencha. « Qu'est-ce que tu fais ? »

« Organiser la vérité, » a dit Annabel. « Avant que quelqu'un n'essaie de le détruire à nouveau. »

Perséphone sauta de table et commença à fouiller dans le placard sous l'étagère.

Evie leva un sourcil. « Qu'est-ce qu'elle fait maintenant ? »

Annabel la suivit.

Derrière l'armoire, quelque chose était collé sur le panneau arrière.

Une lettre pliée.

Annabel l'enleva.

Elle l'ouvrit lentement.

***

À celui qui trouvera le grand livre :

J'ai essayé de la garder précieusement. Mais ils l'ont découvert. Si cette lettre est toujours là, c'est que je ne suis pas revenu.

Ne faites pas confiance à ceux qui sourient. Ne faites pas confiance à ceux qui se souviennent avec tendresse du naufrage.

Ce n'est pas l'or qui nous a maudits, c'est le silence.

— G.H.

✳✳✳

Annabel murmura : « Il *a laissé* quelque chose. »

Evie regarda la lettre fixement. « C'est son dernier mot. »

Et Perséphone ?

Elle resta parfaitement immobile.

Comme si elle avait toujours su où se cachait la vérité.

Chapitre 16

C'est juste après l'aube qu'Evie s'est présentée à Honeystone Cottage avec un rouleau de papier de boucherie, une pelote de laine rouge emmêlée et trois punaises déjà coincées dans sa manche.

Annabel cligna des yeux depuis la porte d'entrée, toujours dans sa robe.

« J'ai apporté de la caféine, » annonça Evie, en tenant un grand thermos. « Et *la chaîne de justice.* »

Perséphone trottait derrière elle, la queue haute, comme si tout cela était parfaitement normal.

***

La salle à manger est devenue la salle de guerre.

Annabel débarrassa la table. Evie déroula le papier de boucherie sur le mur du fond. Perséphone, après une première enquête sur la corde, décida que le rebord de la fenêtre offrait un point de vue supérieur et s'installa.

Annabel a épinglé la copie de la photo du réfrigérateur au centre.

« Commencez ici, » a-t-elle dit. « Les connus. »

Evie a épinglé des noms et des connexions autour de lui :

Rupert Hale — agent immobilier, clé du chalet d'Annabel, descendant d'Elias Hale

Kitty Simmons — absente de la foire, nom de famille dans le grand livre

Felix Barlow — sceptique du public, histoire familiale dans le grand livre

Mme Penfold — retrait suspect de la vie sociale

Bea Simmons — leur a donné la note de Graham

Graham Hargreaves — disparu, ancien nettoyeur de copies de registres

Maggie Cooke — inconsciente, a essayé d'avertir Annabel, connaissait Ernie

Annabel recula. « Ils sont tous liés à l'affaire initiale, ou tentent de réparer les dégâts. »

Evie a noué du fil rouge entre Rupert et Maggie. « Elle a dit qu'il surveillait Ernie. On a supposé que ce fût Félix, mais... »

***

Perséphone sauta du rebord de la fenêtre.

Elle s'est approchée du fil au trot, l'a regardé comme une proie, et a détaché une boucle du mur.

Il dansait dans l'air, se déroulait... et atterrit entre Kitty Simmons et Rupert Hale. Le fil s'est collé aux deux points.

Annabel inclina la tête.

Evie leva les yeux au ciel. « Vraiment ? »

Puis elle cligna des yeux. « Attends. »

« Elle vend ses fleurs dans une serre sur la propriété de Hale, » murmure Annabel.

Les yeux d'Evie se plissèrent. « Et elle a toujours dit qu'elle obtenait un « accord » sur le bail. Elle l'a toujours défendu – *toujours.* »

Annabel s'avança. « Il protège son gagne-pain. Elle protège sa réputation. »

Evie attrapa un stylo et griffonna une épaisse flèche rouge entre leurs noms.

Perséphone s'assit à côté du lien accidentel, fière.

Annabel leva un sourcil. « Elle est plus efficace que le moulin à rumeurs du village. »

« Elle *est* le moulin à rumeurs, » marmonna Evie.

***

Elles ont ensuite épinglé le carnet de sauvegarde, le grand livre et la dernière lettre de Graham.

Evie regarda la toile.

« Je pense que nous en avons assez pour pousser quelqu'un à craquer. »

Annabel hocha la tête. « Nous avons donc besoin d'un piège. »

Les yeux d'Evie brillèrent. « Oh, j 'adore les pièges. »

***

Le plan s'est formé lentement, couche par couche :

Elles « découvriraient » un autre indice – un indice dont le tueur ignorerait l'existence. Quelque chose qui pourrait **suggérer** *qu'une copie du grand livre avait déjà été envoyée à quelqu'un d'autre.*

Un message – vague, mais accablant.

Elles disaient qu'elles allaient le livrer à la police la nuit suivante.

En personne.

À l'ancienne chapelle où les membres de l'institut des femmes organisaient leur soirée quiz caritative.

« Il faut que ce soit public, » a déclaré Annabel. « Quelque part, où ils essaieront de nous arrêter avant notre arrivée. S'ils mordent à l'hameçon…

« Ils vont bouger, » termina Evie. « Et nous serons prêtes. »

***

Cette nuit-là, Annabel se tenait dans le couloir, fixant la toile rouge qui s'étendait sur son mur.

Cela avait commencé avec un corps sur une falaise. Un carnet dans un buisson. Une chatte avec des opinions.

Maintenant ?

C'était une guerre de silence et de secrets – et elles étaient sur le point de la faire entendre.

Perséphone sauta sur le buffet et miaula une fois.

Permission accordée.

Chapitre 17

La tempête n'a pas attendu avec de la subtilité.

À la tombée de la nuit sur Little Firling, le ciel était devenu d'un gris meurtri, et le premier coup de tonnerre retentit sur le village comme un coup de semonce. Les volets des fenêtres se fermèrent. Les enseignes des magasins battirent violemment sur leurs gonds. La mer s'écrasa contre les falaises dans de grands soupirs furieux.

À l'intérieur de Honeystone Cottage, l'atmosphère était électrique – et pas seulement parce que les lumières du plafond avaient clignoté deux fois.

Annabel fit les cents pas. Evie regardait depuis le canapé, un œil sur son amie, l'autre sur Perséphone, qui s'était postée comme une gargouille sur le rebord de la fenêtre, la queue tremblante d'une agression silencieuse.

« La lettre est dans l'enveloppe, » dit Evie en la brandissant. « Pas de noms, pas de détails – juste assez pour suggérer que quelqu'un d'autre a le grand livre et l'envoie à la police. »

Annabel hocha la tête. « Et nous le porterons bien en vue demain soir. À la chapelle. Public. Bruyamment. »

« Si quelqu'un fait un geste ce soir, cela signifie qu'il ne peut pas attendre. Cela signifie qu'ils sont désespérés. »

Le tonnerre gronda de nouveau.

Annabel vérifia la porte arrière. Verrouillée. Puis elle l'a vérifié à nouveau.

« Penses-tu que c'est Rupert ? » a demandé Evie. « Ou Kitty ? »

Annabel hésita. « Je pense que ce sera celui qui a le plus à perdre si ça se sait. Peut-être même pas le tueur. Peut-être juste l'équipe de nettoyage. »

Un moment de silence s'est écoulé. Puis...

Clac. Clac. Clac.

Pas à la porte.

À la fenêtre de la cuisine.

Les deux femmes se sont figées.

Perséphone siffla.

Annabel se dirigea lentement vers la fenêtre, le cœur battant. Evie la suivit, sa main agrippant déjà le parapluie le plus proche comme une arme de fortune.

La lumière du porche s'alluma.

Il y avait une silhouette debout juste à l'orée du jardin.

Trempée.

Visage caché sous une capuche.

Encore.

Attentif.

Puis, disparu. Glissé dans l'obscurité comme de la fumée.

Evie a marmonné : « Eh bien, ce n'est pas terrifiant. »

Annabel attrapa son téléphone. « J'appelle Oakes. »

***

Dix minutes plus tard, l'agent de police Tom Oakes se tenait dans le couloir, les bottes dégoulinantes et l'expression tendue.

« Vous dites qu'ils n'ont pas frappé ? » demanda-t-il.

« Ils ont juste regardé, » a déclaré Annabel. « Assez longtemps pour que nous nous en rendions compte. »

Perséphone fit les cents pas autour de ses pieds une fois, puis se retira à son poste.

« Avez-vous eu d'autres visiteurs ? » demanda-t-il.

— Seulement Rupert hier, dit Annabel d'un ton froid.

Evie croisa les bras. « Il s'est fait un point d'honneur de nous rappeler qu'il avait une clé de la maison. »

Oakes fronça les sourcils. « Ce n'est pas censé être vrai. »

« C'était assez vrai, » a déclaré Annabel. « J'ai changé les serrures ce matin. »

Oakes hocha la tête. « Bien. Pourtant, n'allez nulle part seules. L'une ou l'autre d'entre vous. »

« Et Maggie ? » demanda Annabel. « Y a-t-il un changement ? »

Son expression se resserra. « Toujours inconsciente. Mais stable. »

— « Et Graham ? » Dit Evie doucement.

Oakes secoua la tête. « Aucun signe. Officiellement porté disparu maintenant. »

Il jeta un coup d'œil autour de la chaumière, puis regarda Annabel.

« Quoi que vous fassiez, cela fonctionne. »

Puis il est parti.

***

La pluie fouettait les fenêtres. L'air était lourd d'attente.

Perséphone sauta sur les genoux d'Annabel, se recroquevilla et ne ronronna pas. Il a juste regardé la porte.

« Tu crois qu'ils vont venir ce soir ? » a demandé Evie.

Annabel ne répondit pas.

Elle regarda simplement vers le hall sombre... et murmura :

« Je pense qu'ils l'ont déjà fait. »

Chapitre 18

Le chalet était trop calme.

Même avec la tempête qui se jetait sur les fenêtres, les murs de Honeystone gardaient un silence qui semblait... artificiel. Comme si la maison elle-même écoutait.

Perséphone n'avait pas bougé depuis vingt minutes.

Elle était assise, lovée sur le buffet, les oreilles en avant, la queue frémissante une fois toutes les quinze secondes – l'équivalent félin d'une horloge qui tourne.

Annabel était assise dans son fauteuil ; tasse de thé intacte. Evie se tenait près de la porte d'entrée, une batte de baseball à la main, le pouce courant lentement le long de la poignée enveloppée de ruban adhésif.

« Minuit, c'est dans vingt minutes, » marmonna Evie.

Annabel ne leva pas les yeux. « S'ils essaient de nous arrêter, ce sera maintenant. Avant la fin de la soirée quiz. Avant d'être entourés de témoins. »

Le tonnerre grondait au-dessus de leurs têtes.

Et puis, des bruits de pas.

Doux. Dehors. Le gravier crissa sous un poids prudent.

La queue de Perséphone s'est figée au milieu du mouvement.

Evie resserra sa prise sur la batte.

Un coup à la porte. Pas poli. Pas décontracté.

Urgent.

Puis une voix s'étouffa à travers la porte. Familier.

« Annabel. S'il te plaît. Laisse-moi entrer. »

Kitty Simmons.

****

Evie jeta un coup d'œil à Annabel, qui hocha lentement la tête et se dirigea vers la porte.

Elle l'ouvrit juste assez pour voir Kitty – trempée, les yeux écarquillés, les cheveux plaqués sur son front. Pas de parapluie. Pas de manteau. Juste un pull humide et des bottes boueuses.

« Tu ne devrais pas être ici, » a dit Annabel platement.

Kitty s'avança. « Je devais venir. J'ai vu quelqu'un qui surveillait votre maison. Je pense qu'ils sont entrés par effraction dans la boulangerie hier soir à la recherche de quelque chose. Je... Je pense qu'ils en veulent à moi aussi. »

Annabel hésita. Evie ne l'a pas fait.

« Elle ment, » a déclaré Evie.

Kitty se retourna, offensée. « Pardon ? »

Evie s'avança, la batte toujours baissée. « Tu n'es pas venu nous prévenir. Tu es venu voir si on l'avait. »

Kitty cligna des yeux. « Quoi ? »

La voix d'Annabel était douce mais ferme. « Le grand livre. »

Kitty resta immobile.

Un éclair claqua. La pièce s'illumina comme une photographie. Et dans ce scintillement, la vérité se lut sur son visage.

Un mélange de peur... et de culpabilité.

Annabel recula. « Entre. »

✳✳✳

Kitty entra comme une femme qui monte sur une scène sur laquelle elle ne voulait pas être.

Evie ferma la porte derrière elle et s'appuya contre elle. Ne pas bloquer la sortie. Mais pas *non plus pour ne pas* le bloquer.

Annabel croisa les bras.

« Depuis combien de temps travailles-tu avec Rupert ? »

Kitty leva les yeux. » Je ne travaille pas avec lui. Je n'ai jamais… »

« Kitty, » coupa Annabel. « Nous sommes au courant du bail. Nous savons pour la terre. Nous savons que le nom de votre grand-mère est dans le grand livre. »

Kitty s'assit. Difficilement.

« C'était censé être fini, » a-t-elle dit. « Il a promis. Il a dit que c'était juste de l'histoire. Que si nous ne le remuions pas, il resterait enterré.

Evie se moqua. « Tu veux dire qu'il t'a dit de te taire pendant qu'il contrôlait tout le village ? »

La voix de Kitty se brisa. « Je ne savais pas qu'il tuerait quelqu'un. »

Silence.

Annabel se pencha vers l'intérieur. « Qui ? »

Les lèvres de Kitty s'entrouvrirent.

Puis... *BANG.*

La porte arrière.

Pas frappé.

Botté.

***

Evie se déplaça rapidement, se positionnant entre Kitty et la cuisine. Annabel se précipita vers l'étagère – et le coffre-fort derrière elle.

Perséphone siffla, forte et basse, la fourrure hérissée.

La porte de la cuisine s'ouvrit brusquement.

Rupert Hale se tenait là.

Trempé. Furieux. Et ne souriant plus.

« Où est-ce ? » a-t-il dit.

« Trop tard, » a dit Annabel. « C'est déjà avec la police. »

Un mensonge. Mais il ne le savait pas.

Ses yeux se tournèrent vers le coffre-fort.

Et Evie s'interposa entre eux, levant la batte.

Rupert s'arrêta.

« Vous avez semé le chaos, » a-t-il dit, essoufflé. « Ce village aurait pu rester beau. Tranquille. *Sûr.* »

« Non, » a dit Annabel, d'une voix froide. « Il serait resté *pourri.* »

Rupert s'élança.

Evie se balança.

Crac.

La batte a rencontré l'épaule – pas assez fort pour se briser, mais assez pour le faire tomber sur le côté.

Kitty a crié. Perséphone bondit du buffet et atterrit sur le comptoir de la cuisine comme un éclair noir.

Rupert a trébuché – puis s'est figé.

L'agent de police Tom Oakes se tenait dans l'embrasure de la porte.

Une torche dans une main.

Des menottes dans l'autre.

« Vous avez une drôle d'idée de ce qu'est un coffre-fort, » a-t-il dit.

Chapitre 19

L'orage passa avec l'aube.

Au moment où les nuages se sont dissipés et que la lumière pâle a touché les toits de Little Firling, Rupert Hale était assis à l'arrière d'une voiture de police, trempé jusqu'aux os et ne regardant rien.

À l'intérieur de Honeystone Cottage, le silence est revenu, cette fois pas lourd, mais *mérité*.

Perséphone avait revendiqué son perchoir habituel sur l'accoudoir du canapé, se léchant la patte comme si les événements de la nuit étaient un léger inconvénient qu'elle avait personnellement résolu.

Evie dormait dans le fauteuil, une couverture emmêlée autour d'elle, la batte de baseball posée à proximité comme une vieille amie.

Annabel se tenait à la fenêtre, le thé à la main, regardant la ruelle.

C'était fini.

***

Deux jours plus tard, le village était de retour pour faire semblant que tout était normal. En quelque sorte.

Graham Hargreaves avait été retrouvé.

Blessé. Effrayé. Caché dans la cabane de pêcheur désaffectée près de la crique. Il avait paniqué après avoir remis la pièce, réalisant qu'il avait été suivi. Le coup à l'arrière de sa tête était venu avant qu'il ne puisse atteindre Oakes.

Il se souvenait de tout maintenant : le paiement pour détruire la copie du grand livre, ses doutes et la culpabilité qu'il avait portée depuis.

Il se rétablissait à l'hôpital. Tranquille. Mais en sécurité.

Maggie Cooke s'était réveillée ce matin-là.

Sa voix était rauque. Sa mémoire était inégale. Mais elle avait serré la main d'Annabel et lui avait murmuré :

« Il ne voulait pas l'or... Il voulait le contrôle. »

✳✳✳

Kitty Simmons évitait tout le monde.

Sa serre était fermée. Les bottes d'herbes s'étaient fanées. Mais les chuchotements n'avaient pas changé.

Mme Penfold est retournée à son groupe de lecture avec un nouveau lot de sablés au citron et sans aucune mention de sa récente « migraine ».

Bea Simmons a été vue en train d'avoir une longue conversation avec Oakes à l'extérieur de la boulangerie.

Et Tobias Marsh était assis sur le quai, racontant toute l'histoire à tous ceux qui voulaient l'écouter — enfin justifié après cinquante ans passés à être « ce vieil homme avec des histoires ».

***

Au Lièvre et le Limier, Henry le barman a versé à Annabel son habituel et a posé une petite soucoupe de pâté de sardine sur le bar sans qu'on le lui demande.

« Pour la dame, » dit-il en faisant un signe de tête à Perséphone, qui s'était installée sur le tabouret à côté d'elle.

« Elle l'a mérité, » a déclaré Annabel.

— « Elle le mérite toujours, » répondit Henry.

✳✳✳

Ce soir-là, au chalet, Annabel a allumé une seule bougie et a placé le grand livre – maintenant revenu d'Oakes, scellé dans des pochettes en plastique – dans une boîte en bois marquée « *Michael's Research* » et a niché le grand livre entre de vieux dossiers qu'autrefois Michael avait utilisés pour suivre la poésie de la vie navale. Il aurait trouvé toute l'affaire fascinante – les trahisons, l'or, le silence. « *Jusqu'à ce que je sache quoi faire de ceci*, murmura-t-elle en refermant le couvercle. « *Michael, garde un œil dessus pour moi, s'il te plaît ?* »

Evie se pencha dans l'embrasure de la porte. « Et maintenant ? »

Annabel sourit.

« Je pense que nous respirons. Et je pense que nous jardinons. Et si le village veut chuchoter à mon sujet, qu'il le fasse. »

Evie gloussa. « Ils le font déjà. Tu es la femme qui a résolu un meurtre avec une chatte et un carnet. »

Annabel leva sa tasse. « Pas une mauvaise épitaphe. »

Perséphone miaula une fois, doucement, depuis la fenêtre.

Dehors, la lune se leva.

Et Little Firling dormait.

Chaque foire recèle des mystères.
Little Firling possède un corps.

Le meurtre fleurit à la foire

Un mystère Little Firling - Livre deux

Belinda Chavremootoo

Table des matières

Prologue

Le premier meurtre a eu lieu dans un brouillard marin et s'est terminé par une paire de bottes boueuses et une bouteille de sirop de fleur de sureau. Little Firling ne s'était jamais tout à fait remis – ni du corps, ni de la façon dont Annabel Lennox Deighton, professeure de littérature à la retraite, et son chat Perséphone, légèrement psychique, ont découvert la vérité avec des outils de jardinage, une intuition aiguisée et une tolérance alarmante pour les questions curieuses.

Aujourd'hui, le printemps est de retour. Les perce-neiges fleurissent, la foire se déroule, et une fois de plus, tout n'est pas aussi sucré que la tente de confiture.

Chapitre 1

C'était le genre de matin de printemps qui rendait tout tranquillement possible.

La brume marine s'attardait encore sur Little Firling, adoucissant les haies et les toits d'ardoise, comme si le village avait été dessiné au crayon, puis brossé avec de l'eau. Dans le jardin arrière de Honeystone Cottage, les perce-neiges hochaient la tête modestement, leurs têtes blanches tombant comme des invités timides arrivant trop tôt à une fête. À proximité, une dispersion d'hellébores apparaissait, aux tons rougis et légèrement échevelés, prospérant dans la terre froide comme s'ils étaient là depuis plus longtemps que le chalet lui-même.

Annabel Lennox Deighton s'agenouilla à côté d'un carré de romarin, ajustant ses tiges inégales avec une précision délicate. Elle portait son vieux pull de jardinage – celui avec les coudières et les légères taches de curcuma d'une expérience de ragoût marocain – et un bandeau en laine que Perséphone, son élégant chat de Bombay, avait déjà essayé de voler deux fois.

Au-dessus d'elle, le rosier grimpant New Dawn avait commencé sa première tige droite – des feuilles aux pointes bordeaux se déployant comme un prélude à une symphonie estivale qui ne s'était pas encore tout à fait composée.

« Ambitieux, » murmura Annabel en regardant les nouvelles pousses. « Surtout si l'on considère que nous avons eu un gel mardi dernier. »

Perséphone, perchée sur le mur du jardin comme une gargouille féline, ne donna pas d'avis. Sa fourrure noir brillant scintillait dans la lumière pâle alors qu'elle plissait ses yeux dorés en observant un écureuil qui tentait des acrobaties sur la mangeoire à oiseaux.

Annabel sourit faiblement. « Au moins, quelqu'un ici est concentré. »

Elle se redressa avec un doux gémissement et examina son royaume – un Eden légèrement chaotique avec des rêves de grandeur.

Cette année, elle avait des projets.

La rose Desdemona – avec ses pétales rougis de pêche et un parfum de poésie et d'abricot – passait par la porte de la cuisine. La rose thé hybride Double Delight, d'une beauté scandaleuse avec des pétales aux pointes cramoisies s'estompant jusqu'à des centres crémeux, était destinée à la porte. Et si elle pouvait retrouver un spécimen sain de Madame Hardy, avec ses fleurs d'un blanc pur et ses yeux verts ? Elle lui donnerait le meilleur endroit au soleil.

Et le carré d'herbes aromatiques ?

Également dû à une mise à niveau.

Elle avait flirté avec l'idée de la coriandre vietnamienne, peut-être même du shiso, si elle pouvait convaincre la pépinière locale qu'elle n'essayait pas de cultiver des « mauvaises herbes exotiques ». Du fenouil bronze, de la citronnelle, peut-être même quelques feuilles de combava dans un pot, juste pour le spectacle. Le genre de choses qui lui donnaient envie d'attraper un pilon et un mortier.

Son défunt mari, Michael, avait l'habitude de la taquiner : « *Tu collectionnes les herbes comme certaines personnes collectionnent les timbres, ma chérie.* »

Mais il nettoyait toujours son assiette.

Ces années qu'ils ont passées à voyager – des marchés étroits à Istanbul, des charrettes de fleurs au Maroc, une maison d'hôtes au Kerala où une femme lui a appris à faire sept sortes de chutney – ces saveurs vivaient encore dans le muscle de sa mémoire. Sa cuisine était maintenant un étrange mélange de souvenirs et d'humeurs.

Elle voulait que son jardin reflète cela. Plus que des rangées bien rangées. Plus que des fleurs polies.

Elle voulait de la sauvagerie. Parfum. Nourriture. Couleur. Drame.

Peut-être un peu trop.

Mais là encore, peut-être pas assez.

****

En fin de matinée, le parc herbeux du village était en pleine floraison.

Des banderoles voltigeaient au-dessus des têtes, zigzaguant à travers les étals comme des rubans sauvages, tandis que l'odeur des scones, de l'herbe humide et du terreau se mélangeait en quelque chose d'indubitablement anglais et légèrement chaotique.

La foire annuelle de jardinage de Little Firling avait attiré une foule animée : vestes en tweed et robes à fleurs, bambins au visage peint, labradors en bandanas et plus d'une personne berçant une citrouille primée comme s'il s'agissait d'un nouveau-né.

Annabel ajusta la bretelle de son sac à bandoulière et observa la scène comme si elle se préparait à la bataille.

« Rappelle-moi, dit-elle platement, comment j'ai accepté d'être ici à nouveau ? »

À côté d'elle, Evie Barnes, sa voisine et sa meilleure amie, sirotait d'un thermos étrangement floral. « Parce que tu aimes les plantes, tu es compétitive et, au fond, tu aimes les potins du village autant que moi. »

« C'est un mensonge. »

« C'est un *mensonge exact*. »

Perséphone, trottinant fièrement en avant sur son harnais rouge (à la mode et profondément ressentie), s'arrêtait tous les quelques pas pour recevoir des éloges, de l'attention et une friandise occasionnelle au saumon fumé de la part des passants.

« Elle est plus célèbre que moi, » marmonna Annabel.

Evie ne leva pas les yeux. « Elle a de meilleures pommettes. »

***

La foire s'étendait dans toutes les directions :

Un étal d'échange de plantes, où trois retraités se disputaient tranquillement à propos d'un lupin mal étiqueté.

Une tente à thé avec une longue file d'attente et une urne argentée qui sifflait comme si elle faisait des heures supplémentaires.

Une table remplie de savons faits à la main avec des noms comme « *Méditation au basilic* » et « *Joie du géranium* ».

Et au centre de tout cela, la scène principale, où le Dr Alistair Forsyth se tenait en train de discuter avec le président du conseil du village tout en sirotant une gorgée de sa tasse en porcelaine familière.

Il avait exactement l'air d'un médecin de village : calme, ordonné et vaguement paternel. Mais quelque chose dans la colonne vertébrale d'Annabel picota.

« Moins de cinq minutes, » a dit Evie. « Place tes paris sur combien de temps avant le premier scandale. »

Annabel a ouvert la bouche pour répliquer – et la foire a tenu ses promesses.

****

Un cri s'éleva de la tente de floraison compétitive.

Florence Cattermole, redoutable en compositions florales, regardait Ivy Gresham, qui se tenait froidement derrière son étal d'herbes dans une robe portefeuille en lin et des boucles d'oreilles qui tintaient comme des carillons d'agression passive.

« Tu vends des mensonges en bouteilles, Ivy, » dit Florence d'un ton sec. « Et appeler ça médecine. »

« Et tu vends de l'amertume dans des pots, » a répondu Ivy, « et tu appelles cela chutney. »

Plusieurs villageois ont eu le souffle coupé. Quelqu'un a laissé tomber un sac de terreau.

« Mesdames, » a dit nerveusement le juge de la confiture, « s'il vous plaît. Pas devant les soucis.

Florence renifla, jeta un coup d'œil à Perséphone – qui cligna impérieusement des yeux – et s'éloigna dans un souffle qui sentait vaguement la verveine.

Evie murmura : « Ivy gagne cette manche.
»

***

Près de la tente à thé, Henry Radcliffe, une canne dans une main, la fureur dans l'autre, désignait sauvagement une feuille d'inscription pour une « promenade de bien-être ».

« Oh, il a le culot de promouvoir la *santé* ? Cet homme m'a donné un mauvais diagnostic et une colonne vertébrale ruinée. »

Sa voix résonna dans la fête foraine, faisant taire un solo de flûte à bec à proximité.

Margaret Coombes, essayant désespérément de rester neutre, posa une main sur son bras.

— Henry, pas maintenant…

« Quand alors ? Après un autre de ses discours suffisants ?

Annabel attira l'attention d'Evie. « Deuxième scandale. C'est deux en cinq minutes.

« Les villageois se réchauffent, » murmura Evie. « Jusqu'au moment où nous seront à la tomate primée, quelqu'un va lancer une fourchette. »

***

Pendant ce temps, Colin Denby, vêtu de son habituel manteau de campagne et d'un regard de mille mètres, se tenait exceptionnellement immobile près de l'exposition d'abeilles. Il se pencha légèrement vers Perséphone, qui s'était postée à côté d'une plante de mélisse comme si elle en était la propriétaire.

« Tu le sens aussi, n'est-ce pas ? » murmura-t-il, les yeux écarquillés. « Quelque chose ne va pas cette année. Des choses qui poussent là où elles ne devraient pas. Les gens en disent trop. »

Perséphone se lécha la patte.

Annabel leva un sourcil. « Pensons-nous qu'il parle à tous les chats comme ça ? »

Evie sirota son thé. « Seulement à ceux qui sont perspicaces. »

***

Juste au moment où la tension atteignait un frémissement poli, le micro crépita.

Le Dr Forsyth est monté sur scène, des notes dans une main, une tasse de thé dans l'autre.

« Mesdames et messieurs, » a-t-il dit avec un sourire. « Merci à tous d'être venus à la foire du jardin de Little Firling de cette année... »

Le thé d'Annabel s'arrêta à mi-chemin de ses lèvres.

Perséphone se retourna pour faire face à la scène, battant la queue une fois.

Evie se pencha. « C'est trois. Quelque chose arrive.

« En moins de cinq minutes, » murmura Annabel.

Chapitre 2

C'est arrivé si vite qu'au début, personne n'a bougé.

Le Dr Alistair Forsyth était à mi-chemin de ses remerciements aux bénévoles de la Société de lotissement Firling lorsqu'il s'est arrêté – une légère et étrange contraction de l'épaule gauche. Puis il toussa. Deux fois. Un son étrange et creux qui résonnait maladroitement dans le micro.

Il tendit la main vers le pupitre.

Puis sa tasse glissa de sa main et tomba, se brisant sur la scène dans un éclat de porcelaine qui fit hurler une femme près de la tente de confiture.

Le temps d'une respiration, cela n'a semblé rien de plus qu'un faux pas – un simple trébuchement, un moment maladroit au milieu d'un discours que personne n'écoutait particulièrement.

Mais ensuite, il s'est effondré, s'effondrant comme une tige de tulipe brisée.

À plat sur le dos.

Inerte.

***

Des halètements ont traversé la foule. Un enfant a crié. Quelqu'un a laissé tomber un plateau de meringues.

Evie se raidit à côté d'Annabel. « Merde. »

Annabel était déjà en train de bouger. Ses instincts, aiguisés par le dernier meurtre qui avait perturbé leur vie tranquille, piquaient comme de l'électricité statique.

Elle atteignit la scène juste au moment où Margaret Coombes se frayait un chemin, les yeux écarquillés et frappés. « Alistair ? Oh, mon Dieu, Alistair ?

Mais elle ne l'a pas touché.

Parce que même elle pouvait voir – il était déjà parti.

Annabel s'accroupit, deux doigts sur le côté du cou, à la recherche d'un pouls qu'elle savait ne pas être là. Sa peau était déjà en train de se refroidir. Un léger anneau d'écume s'accrochait au bord de sa lèvre. Ses yeux, ouverts et voilés, ne fixaient rien du tout.

Elle les ferma doucement.

***

Derrière elle, des voix commencèrent à s'élever comme une bouilloire sur le point d'exploser.

« Que s'est-il passé ? »

« Est-ce un accident vasculaire cérébral ? »

« Appelez le Dr Graves ! »

« — Non, il n'est pas ici, il est à l'hippodrome avec... »

« A-t-il mangé la salade de poulet ?! Je *leur ai dit* de ne pas mettre ça au soleil... »

Annabel les écouta. Au lieu de cela, elle regarda la petite tasse de thé brisée à côté de la main de Forsyth. Quelques gouttes de thé scintillaient encore sur le sol de la scène.

Puis elle l'a senti.

Une petite poussée.

Perséphone avait bondi à côté d'elle, élégante et totalement concentrée, reniflant l'air avec ses oreilles en arrière.

Elle émit un grognement sourd – un son doux et étrange – puis s'assit lentement, avec insistance, à côté de la tasse brisée.

***

Evie est arrivée quelques secondes plus tard, essoufflée. « Est-ce qu'il... ? »

Annabel hocha la tête une fois.

Evie expira entre ses dents. « Tu ne penses pas... ? »

« Je ne sais pas ce que j'en pense. Encore.

* * *

Une agitation à l'arrière de la foule a fait tourner toutes les têtes.

S'élançant vers la scène, vêtu d'un manteau de tweed trop large et de bottes à moitié lacées, un homme d'une cinquantaine d'années, les cheveux flottants sauvagement, des lunettes de soleil perchées comme une réflexion après coup sur sa tête.

Il s'arrêta net quand il vit la silhouette immobile.

« Oh mon Dieu. Oh *mon Dieu*. »

Graham Forsyth.

Le frère d'Alistair.

Et, selon la rumeur, son plus grand regret.

***

La voix de Margaret fendit le silence. « Où étais-tu ? »

Graham la regarda, les yeux rouges. « Je... je ne savais pas qu'il allait... il allait *bien*. Nous avons parlé hier.

« Tu pues la bière, » a-t-elle rétorqué. « Il t'a demandé de ne pas venir aujourd'hui. »

« Je... je pensais que je le surprendrais...

Evie marmonna dans sa barbe : « Eh bien. Mission accomplie.

Annabel jeta un coup d'œil entre eux. Le chagrin avait l'air réel... Mais là encore, le chagrin l'a souvent fait.

***

La foire s'était dissoute dans une spéculation bourdonnante. Quelques villageois pleuraient. Certains criaient. Florence Cattermole organisait déjà un plan de contrôle des foules près de la tente à thé. Quelqu'un avait apporté une couverture vichy pour couvrir le corps, mais Annabel a insisté pour que le corps ne soit pas touché.

« C'est une scène de crime maintenant, » a-t-elle dit doucement.

La tête de Graham se tourna vers elle. « Quoi ?! Qu'entendez-vous par scène de crime ? C'était une crise cardiaque, n'est-ce pas ? Je veux dire... Alistair avait... Il avait *des problèmes de tension artérielle*, n'est-ce pas ? »

Margaret tressaillit.

Le regard d'Annabel se rétrécit. « L'avait-il ? »

Il y a eu une pause.

Puis Margaret a dit, très calmement : « Plus maintenant. »

***

Quelques minutes plus tard, Sasha Eldridge est apparue au bord de la foule, essoufflée et pâle.

« Devrions-nous appeler le nouveau médecin ? Dr Graves ?

Evie leva un sourcil. « N'a-t-il pas été invité à la foire ? »

Sasha s'agita. « Il a dit qu'il ne le faisait pas vraiment… faire des événements. Il aime rester seul. »

Margaret renifla brusquement. « Au moins, il est *constant*. Contrairement à Graham. »

Annabel se retourna. « Que voulez-vous dire ? »

La bouche de Margaret se resserra. « Il était censé être aux courses. Alistair lui a dit *spécifiquement* de ne pas venir aujourd'hui. »

Et juste au bon moment, Graham Forsyth fit irruption à travers la foule, rouge, les yeux écarquillés, son manteau coincé à mi-chemin, et sentant indubitablement la bière et la panique.

« Qu'est-ce qui s'est passé ?! »

Margaret se retourna vers lui comme une lame. « Où étais-tu ?! »

« Je... je ne savais pas. Il allait *bien* hier. Nous avons parlé ! » balbutia Graham.

« Tu n'étais pas censé être ici. »

« Je suis venu pour arranger les choses. »

Evie a marmonné : « Un peu tard pour ça. »

Avant que quiconque ne puisse répondre, Perséphone laissa échapper un trille grave – pas tout à fait un miaulement, pas tout à fait un grognement – alors qu'elle fixait Sasha.

Sasha recula d'un pas. « Quoi ? Ce n'était pas moi ! »

Perséphone cligna lentement des yeux. Comme si elle n'était pas *convaincue*.

***

Quelques minutes plus tard, l'agent de police Tom Oakes est arrivé, troublé et essoufflé, probablement appelé d'un vol de vélo à faible enjeu qui avait été sa seule tâche aujourd'hui.

Margaret expliqua la situation rapidement, la voix cassante.

Tom se gratta la tête. « Alors... C'est peut-être du poison ? »

Annabel regarda vers la tasse de thé.

« Je pense, » a-t-elle dit, « que nous devons garder cette tasse. »

« Et le thermos, » ajouta Evie.

« Et *tous ceux qui ont touché quoi que ce soit près de lui*, » a terminé Annabel.

Tom soupira. « Nous devrons demander à certains... des questions. »

Graham laissa échapper un son étranglé. « Vous ne suggérez pas que j'ai quelque chose à voir avec ça... »

« Personne ne suggère quoi que ce soit, » dit doucement Annabel. « Mais Alistair ne va pas expliquer ce qui s'est passé. Donc, quelqu'un d'autre devra le faire. »

***

Plus tard, alors que la foule se dispersait lentement, Perséphone s'est perchée sur le bord de la scène, regardant les dernières bannières de la foire flotter dans la brise.

Un pétale blanc de roses, venant de la tente, flottait devant elle.

Elle n'a pas détourné le regard.

Chapitre 3

Le Lièvre et le limier sentaient la fumée de bois, la laine humide et le nettoyant suspect pour sols aux agrumes, ce qu'Annabel trouvait étrangement réconfortant.

La cheminée crépita. Les lampes étaient allumées. Et la foule habituelle bourdonnait comme des abeilles qui avaient accidentellement trouvé la tente à gin.

Evie a poussé la porte comme une femme en mission. « Coin arrière. Moins de chances d'être acculé par Mme Pellham et ses théories sur les crop circles extraterrestres. »

Annabel la suivit, haussant les épaules pour enlever son manteau. Perséphone s'avança devant eux, la queue haute, comme si elle *était la propriétaire* du pub. Ce qui, pour être juste, la plupart des habitués seraient d'accord.

Henry Griggs, le barman, lui fit un signe de tête respectueux. « Bonsoir, Miss Perséphone. »

À Annabel : « Des pâtés de sardines sur la maison, oui ? »

« Seulement si elle ne juge pas ton pantalon, » a déclaré Evie.

Henry sourit. « Elle l'a déjà fait. »

***

Elles se sont installées dans la cabine d'angle, un verre à la main – du vin rouge pour Annabel, quelque chose de mystérieux et bouillonnant pour Evie. Perséphone s'est recroquevillée majestueusement à côté d'un plat de pâté et d'un sous-verre, comme une petite déesse attendant des fidèles.

« Bon, » dit Evie en ouvrant son cahier. « Par où commencer ? »

Annabel jeta un coup d'œil autour d'elle. Le pub était déjà en effervescence.

À LA TABLE UNE : Florence Cattermole tenant la cour.

« ... et je *leur ai dit*, n'est-ce pas ? J'ai dit que cet homme était arrogant. Je ne rejoindrais même pas la soirée quiz de l'institut des femmes. Quel genre de monstre déteste les quiz ? »

Quelqu'un murmura son accord.

À LA TABLE DEUX : Sasha avec de l'énergie suspecte.

Elle était penchée sur son cidre, chuchotant férocement à un homme qu'Annabel ne reconnut pas – peut-être quelqu'un de la pharmacie ? Toutes les quelques minutes, elle jetait un coup d'œil vers le bar comme si elle attendait quelqu'un. Ou les éviter.

À LA TABLE TROIS : Colin Denby... marmonnement.

Bien sûr. Il avait un bloc-notes. Une pinte. Et un public d'un seul homme – un épagneul indifférent.

« J'ai dit que ça allait arriver. Ne l'ai-je pas dit ? Tout pourrit quand on enterre la vérité trop profondément. »

L'épagneul a pété et s'est éloigné.

***

Evie se pencha. « D'accord, c'est l'heure de la théorie. Le principal suspect ? »

Annabel sirota son vin. « Trop tôt. Mais… Margaret a été *très* rapide à mentionner que Graham avait reçu l'ordre de rester à l'écart. »

« Et Sasha avait l'air de quelqu'un qui s'était trompé de classeur. »

Annabel hocha la tête. « Et Ivy Gresham ? Était-elle la seule à ne pas avoir l'air surprise ? »

***

Juste à ce moment-là, la porte du pub s'ouvrit – un souffle d'air froid, et un homme en manteau de couleur gris charbon et lunettes à monture métallique entra.

Dr Richard Graves.

Nouveau docteur généraliste. Tranquille. Sans sourire. Comme quelqu'un qui pourrait effectuer une intervention chirurgicale avec une cuillère à café sans s'énerver.

Il hocha la tête en direction d'Henry, puis aperçut Annabel.

Et *s'est figé*.

Juste une seconde.

Puis il s'est dirigé vers le bar.

Evie a dit : « Tu as vu ça aussi ? »

Annabel murmura : « Il n'était pas seulement surpris de me voir. Il était surpris d'être vu. »

Perséphone ouvrit un œil, fixa Graves pendant trois longues secondes... et *grogna*.

***

Perséphone grogna – un son bas et net – tandis que le Dr Graves tournait le dos à la pièce.

Evie arqua un sourcil. « Eh bien. Ce n'est jamais bon signe.

Annabel sirota son vin. « Une fois, elle a grogné contre un homme qui avait volé une brouette. »

« Elle a également grogné à un fleuron de brocoli. »

Annabel haussa les épaules. « Elle fait preuve de discernement. »

Juste à ce moment-là, une ombre passa devant leur table – et s'arrêta.

Margaret Coombes, toujours dans son cardigan d'infirmière et une écharpe vert pâle qui n'était pas tout à fait assortie, se tenait debout, un verre de vin blanc à moitié plein et une expression qui essayait de passer pour du calme mais qui manquait la cible.

« Ça vous dérange si je vous rejoins ? » a-t-elle demandé.

Evie ouvrit la bouche.

Annabel l'a devancée. « Pas du tout. »

Margaret se glissa sur le banc en face d'eux, posant son vin sur un sous-verre avec une précision méticuleuse.

« Je suppose que vous avez déjà entendu toutes sortes de choses, » dit-elle au bout d'un moment.

Evie sourit. « Seulement trois théories de meurtre, deux suggestions de poison et une affirmation que Perséphone est psychique. »

Perséphone cligna des yeux une fois. Avec un air supérieur.

Margaret eut un sourire serré, presque. « Alistair n'était pas censé parler aujourd'hui. Il ne se sentait pas bien. »

Annabel se pencha légèrement. « Qu'est-ce qui a changé ? »

Margaret hésita. « Graham. »

Ah.

Evie croisa les bras. « Je pensais qu'il n'était même pas invité. »

Margaret a fait tourner son vin mais n'a pas bu. « Il a dit qu'il allait aux courses. Qu'il ne voulait pas ' traiter avec les villageois' ». Mais Alistair était... tendu cette semaine. Il n'a pas voulu dire pourquoi. Il a juste dit : « S'il se présente, je veux que la foule soit de mon côté. »

Annabel inclina la tête. « Il pensait que Graham le confronterait publiquement ? »

« Je ne sais pas ce qu'il pensait, » a déclaré Margaret. « Mais il a nettoyé son bureau. Suppression de certains anciens fichiers. Il était... se préparait à quelque chose. »

Evie fronça les sourcils. « Ou cacher quelque chose ? »

Les lèvres de Margaret se serrèrent en une ligne.

Annabel resta silencieuse pendant un long moment. Puis : « Graham avait-il une raison de vouloir qu'il parte ? »

Margaret leva brusquement les yeux. « Ils étaient *frères.* Parfois, c'est un motif suffisant. »

La main de Margaret s'enroula autour de son verre.

« Ils ne se sont pas parlé pendant plus de deux ans. Pas correctement. Pas depuis l'incident de l'affaire Radcliffe. Alistair a pris le blâme. Mais ce n'était pas entièrement de sa faute. »

Les yeux d'Evie s'aiguisèrent. « Graham *était* donc impliqué. »

Margaret ne répondit pas. Mais son silence était bruyant.

✳✳✳

Perséphone agita la queue.

De l'autre côté du pub, Graham était arrivé, affalé dans un tabouret près de la fenêtre, commandant quelque chose de bon marché et rapide. Il avait l'air d'un homme qui voulait disparaître dans les planchers.

Margaret se leva brusquement.

« Je n'aurais rien dû dire, » murmura-t-elle. « Mais je dirai ceci : si Graham revenait pour faire la paix... Alors le destin a un sens de l'humour cruel. »

Et sur ce, elle s'éclipsa, laissant derrière elle la légère odeur d'antiseptique et de regret.

✳✳✳

Evie regarda dans son verre.

« Dis-moi encore pourquoi nous pensions que cette année serait plus calme ? »

Annabel soupira. « Parce que nous sommes optimistes. »

Perséphone laissa échapper un long soupir théâtral.

Annabel hocha la tête. « Exactement. »

Chapitre 4

Le pub avait retrouvé son bourdonnement habituel : rires sourds, pintes qui s'entrechoquent, conversations qui bourdonnent comme des abeilles dans d'épaisses haies. Mais le regard d'Annabel ne quittait jamais l'homme à la fenêtre du fond.

Graham Forsyth, échevelé et humide sur les bords, était penché sur une pinte comme si elle pouvait offrir l'absolution. Ses épaules s'affaissaient d'une manière qui ne suggérait pas exactement le chagrin – plutôt l'épuisement. Ou de la peur.

Annabel tourna le reste de son vin, en le regardant.

Evie se pencha plus près. « Il transpire. »

« Il fait chaud ici. »

« Il transpire comme un homme qui sait que la police va trouver quelque chose dans son tiroir à chaussettes. »

Annabel fit un petit sourire mais ne détourna pas le regard.

***

Perséphone, maintenant recroquevillée sous la table, donna un coup de queue. Un avertissement lent et mesuré.

Evie l'a chronométré immédiatement. « Elle sait. Elle *sait* quelque chose. »

Annabel murmura : « Ou elle s'ennuie et veut qu'on passe à autre chose. »

Evie regarda vers le bar. « Que savons-nous de lui, vraiment ? Au-delà de ce que Margaret a laissé entendre ? »

Annabel se redressa légèrement. « Découvrons-le. »

***

Ils se sont approchés du bar où Henry Griggs polissait des verres comme s'ils l'avaient personnellement offensé. Il leva les yeux, vit Annabel arriver et leva un sourcil.

« Laissez-moi deviner, » a-t-il dit. « Vous n'êtes pas ici pour faire le plein. »

Evie sourit. « Nous sommes ici pour les potins. Juste une pincée. »

Henry souffla, mais pas mécontent. « Graham Forsyth ? Un peu un fantôme, celui-là. Il s'est présenté en ville à quelques reprises au fil des ans. Alistair n'a pas beaucoup aimé. »

« Qu'a-t-il fait ? »

« Peu importe ce qu'il faisait. La plupart du temps, il perdait de l'argent lors des courses. Une fois, il a essayé de vendre aux gens de la 'confiture vintage' fabriquée à partir de conserves périmées qu'il avait achetées dans un vide-grenier. »

Evie grimaça. « Aïe. »

Henry se pencha. « Mais voici ce qui est étrange : il est arrivé la semaine dernière. Sobre mort. Il m'a demandé si je pensais que cet endroit était... prêt pour le changement. »

Annabel fronça les sourcils. « Changement ? »

« C'est ce qu'il a dit. Il m'a donné la chair de poule. Ensuite, il a essayé de donner un pourboire à Perséphone avec un chip. »

Du dessous du banc, Perséphone éternuât. Violemment.

***

Annabel se retourna pour regarder Graham, juste à temps pour voir que sa chaise était vide.

Elle s'est figée.

« Evie. »

Evie se retourna. « Non. Non-non-non, il était juste *là*. Je l'ai vu ! Tu l'as vu !

« Il est parti. »

Annabel scruta le pub. Aucun mouvement. Pas de porte arrière entrouverte. Juste une faible trace de bière renversée sur le plancher et un manteau abandonné sur le dossier de la chaise.

Graham Forsyth avait disparu.

***

Evie jura dans sa barbe. Perséphone émergea du dessous du banc comme une petite panthère en mission et trotta vers le couloir du fond. Annabel la suivit.

« Où cela va-t-il ? » demanda-t-elle à Henry.

« Sortie arrière. Descend par le chemin de la rivière. »

Annabel n'a pas attendu.

***

Dehors, l'air était vif avec de la brume et quelque chose de plus doux – une floraison précoce sur les haies, peut-être. Les lumières du pub brillaient derrière eux comme un rideau de scène.

En avant : aucun signe de Graham. Juste de l'herbe aplatie près de la porte. Empreintes ? Difficile à dire dans l'obscurité.

Perséphone s'arrêta sur le chemin et renifla l'air.

Puis, avec une confiance parfaite, elle tourna à gauche, dans les arbres.

Evie hésita. « Allons-nous vraiment suivre une chatte ? »

Annabel ajusta son écharpe. « Elle ne s'est jamais trompée jusqu'à présent.»

Chapitre 5

La brume s'enroulait bas sur le sentier tandis qu'Annabel et Evie suivaient la marche déterminée de Perséphone à travers la ruelle étroite qui plongeait derrière le pub et longeait le bord de la berge. L'air sentait la terre retournée, la mousse humide et la légère odeur de quelque chose d'herbacé.

« Sais-tu seulement où tu vas ? » Evie siffla vers la chatte.

Perséphone ne lui daigna pas un regard.

La lune poussait à travers une brèche dans les nuages juste assez pour distinguer l'herbe aplatie devant elle.

Empreintes. Fraîches.

Annabel se pencha en avant, scrutant l'obscurité. Le chemin se divise juste au-delà des saules.

Elles ont pris le virage, mais elles se sont arrêtées net.

Parce que quelqu'un était déjà là.

***

Une silhouette en long manteau, accroupie au pied d'une haie, des mains gantées pinçant doucement ce qui ressemblait à de la... Camomille sauvage ?

« Bonsoir, » dit Ivy Gresham sans lever les yeux. « Un peu tard pour une promenade au bord de la rivière, n'est-ce pas ? »

Annabel cligna des yeux. « Je pourrais dire la même chose. »

Ivy se redressa lentement, glissant ses petits ciseaux dans un cartable en toile. « Je récolte. Le clair de lune fait remonter les huiles à la surface. Rend les plantes plus puissantes. »

Evie croisa les bras. « Clair de lune et meurtre en une journée. Nous en profitons tous au maximum. »

Ivy inclina la tête. « Vous cherchez quelqu'un. »

« Nous sommes à la recherche de Graham Forsyth, » dit Annabel en regardant le visage d'Ivy. « Il s'est éclipsé du Lièvre et le limier sans lui dire au revoir. »

« Et vous pensez qu'il est ici ? »

Perséphone miaula d'affirmation, frôlant les bottes d'Ivy sans interrompre la foulée.

« J'ai vu quelqu'un passer par ici il y a une dizaine de minutes, admit Ivy, après une pause. « Des pas rapides. Habit foncé. Pas... nerveux. »

Annabel leva un sourcil. « Tu n'as pas pensé à en parler ? »

« Je ne signale pas tous les hommes qui font les cents pas comme un écureuil rongé par la culpabilité, » dit sèchement Ivy. « Mais puisque vous êtes sur la piste... Il est allé à gauche, en bas de la pente. Vers le vieux hangar à bateaux. »

Evie plissa les yeux. « C'est là que se trouve le hangar d'entretien, n'est-ce pas ? »

« Et la plate-forme de pêche, » a ajouté Annabel.

Le regard d'Ivy se promena brièvement sur le chemin. « Tu ferais mieux d'aller vite. »

Elle se retourna pour partir, puis s'arrêta.

« Annabel ? »

« Oui ? »

« Si vous trouvez Graham... Demandez-lui ce qui s'est passé *il y a trois étés.* »

Les sourcils d'Annabel se froncèrent. « Il y a trois étés ? » répéta-t-elle. « C'est un peu énigmatique, même pour toi. »

Ivy haussa les épaules, mais ses yeux en disaient plus que son ton. « C'était calme. Jusqu'à ce que ce ne soit plus le cas. »

Evie intervint. « De quel genre de « pas tranquille » parlons-nous ? Une bagarre à coups de poing ? Un scandale ? Une dissimulation impliquant l'oie de prix de quelqu'un ? »

Ivy hésita.

« Disons, dit-elle lentement, que Graham a disparu à l'époque aussi. Seulement cette fois-là, il n'était pas le seul. »

Annabel cligna des yeux. « Quelqu'un d'autre a disparu ? »

« Pas tout à fait, » murmura Ivy. « Mais quelqu'un est parti. Vite. Et est revenu différent. »

« Qui ? »

Ivy se contenta de sourire, mais il n'y avait pas de chaleur dans ce sourire.

« Ce n'est pas à moi de raconter cette histoire. Mais si vous voulez comprendre Graham... Commencez par là. »

Evie était sur le point de poser une autre question, mais Perséphone laissa échapper un gazouillis pressant, la queue haute, disparaissant déjà sur la pente vers la rivière.

Annabel expira. « Nous reparlerons, Ivy. »

« Je serai là, » a dit Ivy. « Les plantes ne se récoltent pas toutes seules. »

Elle disparut dans la brume, l'odeur de la camomille la suivant.

***

Annabel la regarda fixement. « Il y a trois étés ? »

Evie secoua la tête. « Je vous jure, chaque villageois a une chronologie et un secret. Vous avez besoin d'une planche à cordes.

Perséphone s'élança avec détermination, sa queue tremblante comme une ponctuation.

Annabel le suivit.

***

Au bord de la rivière, le monde se rétrécissait : haies envahies par la végétation, racines enchevêtrées et la lueur de l'eau qui glissait en silence. Le vieux hangar à bateaux se profilait dans la quasi-obscurité – juste une forme trapue contre les arbres.

Pas de lumière.

Pas de son.

Evie a chuchoté : « Tu crois qu'il est là-dedans ? »

Annabel ne répondit pas.

Elle était déjà en mouvement.

Chapitre 6

Le sentier vers l'ancien hangar à bateaux n'était guère plus que de la terre tassée et des souvenirs.

Tandis qu'Annabel et Evie suivaient la queue de Perséphone, les arbres se refermèrent légèrement, le genre d'obscurité qui semblait non seulement *sombre,* mais aussi attentive. La brume de la rivière glissait sur le sol comme un souffle.

« Je n'aime pas ça, » marmonna Evie.

Annabel n'a pas répondu. Elle regardait les ombres entre les roseaux. Être à l'écoute du mouvement. Le silence était trop complet.

Le hangar à bateaux apparut au bord de la clairière, affalé contre la rivière, comme s'il s'était lassé de rester debout.

Un volet cassé battait lâchement.

***

Elles se rapprochèrent.

Perséphone s'arrêta juste à côté de la porte et s'assit.

Annabel murmura : « Tu sens quelque chose ? »

Evie renifla. « Pourriture. Bois humide. Et peut-être... des oignons ? »

Annabel pointa du doigt. « C'est de l'ail des ours. »

Evie plissa le nez. « Comme c'est rustique. »

Annabel testa la porte. Déverrouillé.

Elle regarda Evie.

« Laisse-moi deviner, » murmura Evie. « Tu entres en premier ? »

Annabel l'ouvrit sans un mot.

***

L'intérieur du hangar à bateaux était une boîte d'ombres.

De la poussière flottait dans l'air. De vieux engins de pêche, une rame fissurée et ce qui ressemblait à une botte momifiée bordaient les murs. Il y avait un étroit banc en bois sur un côté, et une table recouverte d'un tissu rigide et jauni.

Mais pas de Graham.

« Il était censé être ici, » dit doucement Annabel.

Evie s'approcha de la table, retira le tissu, révélant un cahier.

Usagé. Cuir. Fermé avec un vieux ruban.

Sur la couverture, à l'encre délavée : « A.F. »

Annabel retint son souffle. « Alistair Forsyth. »

***

Evie l'ouvrit lentement. À l'intérieur : écriture soignée et bouclée. Notes médicales.

Listes de symptômes. Pages de plans de traitement.

Mais près du milieu – un autre type d'entrée.

« Il y a trois étés, Graham était furieux. Henry R. refusa le règlement. Margaret a suggéré que nous déchiquetions les fichiers. Je lui ai dit non. Je ne mentirai plus pour lui. »

Annabel et Evie échangèrent un regard. Henry R. — Radcliffe. Graham. Margaret. Un règlement ?

Annabel ferma doucement le livre. « Nous devons partir. »

Evie cligna des yeux. « Tu ne vas pas dire que nous devrions *le prendre* ? »

Annabel secoua la tête. « Pas encore. Assurons-nous que nous ne soyons pas *suivis* en premier. Perséphone siffla doucement.

De l'extérieur... un craquement. De pas.

***

Annabel se dirigea vers la porte et l'ouvrit lentement.

Personne.

Evie regarda autour d'elle, les nerfs à vif. « C'était... ? »

Annabel hocha la tête. « Quelqu'un nous regardait. »

Perséphone, toujours près de la table, tapait maintenant le plancher en dessous de la table.

Annabel s'agenouilla, souleva le bord d'une planche cassée et révéla une petite enveloppe scellée, vieillie et cassante.

À l'intérieur : une photographie.

Graham et Alistair, debout à l'extérieur de la clinique. Souriant.

Derrière eux : une femme qu'Annabel ne reconnut pas.

Au dos :

« Belladone prospère à l'ombre. »

***

Elles sont sorties du hangar à bateaux avec l'enveloppe, la photo et mille nouvelles questions.

Perséphone ouvrait la voie, sa queue noire fendant la brume comme une lame.

Evie expira. « Alors, qui est cette femme ? »

Annabel regarda à nouveau la photo.

« Je ne sais pas. »

Mais je pense qu'elle est la raison pour laquelle quelqu'un tue pour enterrer le passé.

Chapitre 7

La photo était posée sur la table de la cuisine de Honeystone Cottage comme une invitée qui ne voulait pas expliquer pourquoi elle était ici.

Annabel, le thé à la main, fixait l'image délavée : le Dr Alistair Forsyth, Graham et la femme inconnue debout juste derrière eux, souriante, légèrement floue. Sa main se posa légèrement sur le bras de Graham, et le regard qu'elle lança à Alistair était... pas amical.

Evie, perchée en face de la table, les bottes sur un tabouret, mâchait le bout d'un crayon. « L'écriture. Belladone prospère à l'ombre. Ce n'est pas une étiquette. C'est un *avertissement*. »

Annabel hocha lentement la tête. « Ou une confession. »

Perséphone a donné un coup de queue une fois, signe universel qu'enfin, *elles sont en train de comprendre.*

***

Elles ont commencé là où tout mystère de village devrait le faire : Florence Cattermole, l'historienne à la poigne de fer et tyran du thé de l'institut des femmes, jardinait actuellement à côté de ses clématites victoriennes grimpantes en faisant semblant de ne pas avoir attendu de visiteurs toute la journée.

Florence remarqua l'enveloppe dans la main d'Annabel avant qu'un seul mot ne soit prononcé.

« Je n'ai pas vu cette photo depuis des années, » a-t-elle déclaré platement.

Evie cligna des yeux. « Vous l'avez *vue* ? »

Florence se redressa. « Alistair l'avait sur son bureau. Caché derrière son calendrier. C'était... *avant que tout ne tourne mal.* »

Annabel s'avança. « Qui est-elle ? »

Une pause.

Puis : « Béatrice Hargreaves. »

Evie fronça les sourcils. — « Un rapport avec... »

« L'ex de Graham. Elle travaillait au cabinet. Administration temporaire. Brillante.

Ambitieuse. Elle n'a pas bien supporté qu'on lui dise de « faire attention à sa place ». »

« Qu'est-ce qui lui est arrivé ? »

Florence dépoussiéra ses gants, les lèvres serrées.

« Elle est partie. Un jour, elle était là, le lendemain, elle a disparu. J'ai entendu dire qu'elle était montée vers le nord. Certains disent qu'elle a épousé un banquier. Certains disent que non. »

Annabel lui tendit la photo. « La référence à la belladone vous dit-elle quelque chose ? »

Florence hésita.

« Elle avait l'habitude de dire ça. Chaque fois que quelqu'un la sous-estimait. Elle a dit que c'était son « proverbe personnel ».

« *Belladone prospère à l'ombre. Moi aussi.* »

✳✳✳

Plus tard, au chalet, Evie était déjà à mi-chemin d'un terrier de lapin sur Google.

« Beatrice Hargreaves, pas de réseaux sociaux récents. Pas d'adresse actuelle. Mais devinez quoi ? »

Elle tendit l'ordinateur portable à Annabel.

« Il y avait une certaine Beatrice Hargreaves répertoriée comme témoin lors d'une audience d'éthique médicale. Il y a trois étés. À Leeds. »

Annabel sentit l'air bouger. « Alistair était impliqué ? »

Evie hocha la tête. « En tant que *conseillère silencieuse* au sein du conseil d'administration d'une clinique. Son témoignage ? scellé. »

Perséphone s'étira luxueusement et fit tomber la photo de la table.

***

Annabel se leva, attrapant déjà son manteau.

« Il est temps de rendre visite au Dr Graves, » a-t-elle dit.

Evie sourit. « Dois-je apporter des collations ? »

Annabel vérifia son sac. « Apportez des gants. Juste au cas où il ferait pousser quelque chose de toxique.

Perséphone se leva d'un bond avec un gazouillis et trotta vers la porte comme, *enfin.*

Chapitre 8

Le bureau du Dr Richard Graves était impeccable.

Annabel remarqua immédiatement l'arrangement : des livres classés par ordre alphabétique *d'auteur*, des herbes dans des bocaux étiquetés, une seule plante d'intérieur décorative qui avait l'air étrangement fausse. Le genre d'espace qui disait *que je contrôlais tout*.

Graves se leva pour les saluer. Chemise blanche impeccable. Sourire neutre. Les mains jointes comme s'il était toujours prêt à recevoir de mauvaises nouvelles.

« Mlle Lennox Deighton. Mlle Barnes. Et bien sûr... Perséphone. »

Perséphone plissa les yeux et s'assit directement au centre du tapis, le fixant comme si elle avait déjà lu dans son âme et l'avait trouvée... désordonnée.

***

« Merci de nous recevoir, » dit Annabel doucement. « Nous ne prendrons pas beaucoup de votre temps. »

« Bien sûr. Je suis toujours heureux d'aider. Bien que je doive admettre, » ajouta-t-il avec un léger sourire, « que cela ressemble plus à une affaire de police maintenant. »

Evie leva un sourcil. « Et pourtant, vous n'étiez pas à la foire. »

Graves joignit les mains. « Je ne suis arrivé que récemment. J'ai pensé qu'il valait mieux ne pas m'immiscer trop rapidement dans les activités du village. »

Annabel inclina la tête. « Ou peut-être ne vouliez-vous pas vous insérer avant la fin de l'enquête ? »

Une lueur d'espoir – juste un éclair – passa dans ses yeux.

« Je ne suis pas sûr de suivre. »

***

Annabel fouilla dans son sac et posa la photo sur le bureau.

Alistair. Graham. Béatrice Hargreaves.

Graves n'a pas réagi – pas avec son visage. Mais ses doigts se contractèrent une fois.

« Vous la reconnaissez ? » demanda doucement Annabel.

Graves expira. « C'était... ne fait pas partie de mon rôle. »

Evie se pencha. « Quel *est* votre rôle exactement ? »

Il n'a pas répondu.

Perséphone se leva. Il s'est dirigé vers le bureau.

Annabel l'observa, calmement, tandis que le chat se promenait derrière la chaise polie de Graves... s'arrêta à la petite table d'appoint et leva une patte.

Un balayage propre et délibéré.

Un dossier – épais, estampillé d'un sceau « CONFIDENTIEL » délavé – a glissé de l'étagère du bas.

Il frappa le sol avec un léger bruit sourd.

Tout le monde le regardait.

Même Graves.

Il n'a pas bougé.

Annabel se leva, traversa la pièce et le ramassa.

Révision interne : Dr Alistair Forsyth – En cours

Evie siffla bas. « Oups. »

***

Graves se rassit.

« J'ai été envoyé par le conseil d'administration, » a-t-il finalement dit. « Ils ont reçu de nombreuses plaintes au cours de ces trois dernières années. Sur la maltraitance. Négligence. Élimination inappropriée des documents. Un cas impliquait un... un diagnostic erroné qui a entraîné des blessures permanentes. Un autre a fait allusion à la coercition. L'un d'eux comprenait notre amie, Mlle Coombes. »

La mâchoire d'Annabel se serra. « Margaret ? »

« Elle n'a jamais officiellement déposé. Mais elle était appelée ... en tant que témoin. Puis s'est rétracté. »

La voix d'Annabel était tranchante.

« Alors, au lieu d'une véritable enquête, ils vous ont envoyé fouiner tranquillement ? »

Graves avait l'air fatigué maintenant.

« Je n'étais pas censé l'affronter. J'étais censé observer. À collectionner. Et quand le conseil d'administration en a eu assez… ils auraient agi. »

Evie a rétorqué : « Et maintenant, il est mort. »

Graves hocha lentement la tête. « Oui. »

***

Perséphone a sauté sur le bureau comme une chute de micro poilue.

Le Dr Graves la regarda avec un respect nouveau.

Ou la peur. Peut-être les deux.

« Je veux ce dossier, » a dit Annabel. « Nous le rendrons. Éventuellement. »

Graves n'a pas discuté.

***

Dehors, le vent s'était levé.

Annabel glissa le dossier dans son manteau. « Il cachait beaucoup de choses. »

Evie soupira. « Et maintenant, c'est nous qui le portons. »

Perséphone trottait en avant, la queue haute, les oreilles dressées – comme si elle savait que le chemin ne faisait que s'assombrir à partir d'ici.

Chapitre 9

De retour à Honeystone Cottage, la bouilloire était allumée. Les rideaux étaient tirés. Perséphone était recroquevillée sur le rebord de la fenêtre comme un signe de ponctuation de velours.

Mais la pièce semblait... froide.

Annabel et Evie étaient assises à la table, l'épais dossier ouvert entre elles – les pages s'étalaient comme des feuilles mortes, chacune d'entre elles marquée par une tragédie silencieuse.

***

« Trois plaintes de 2019, » a lu Annabel à haute voix. « L'une concernant un diagnostic manqué de diabète précoce. Une où il a prescrit le mauvais médicament. Et celui-ci... »

Elle s'arrêta.

Evie se pencha. « Continues. »

« Une jeune fille de dix-sept ans... mal diagnostiquée. Renvoyée à la maison. Il s'est avéré que c'était une méningite. Elle est morte trois jours plus tard. »

Le silence s'installa entre eux.

Evie l'a cassé en premier. « Comment un homme comme ça peut continuer à pratiquer ? »

Annabel secoua la tête. « Il y a des excuses énumérées. Surmenage. Pénurie de personnel. Des notes de Graves suggérant que les documents étaient *perdus* et non cachés. Mais ceci... » elle tapota une page, la voix se durcit, « ... cela montre qu'il a modifié ses notes après coup. »

Evie grimaça. « Ce n'est pas une erreur. C'est une dissimulation. »

***

Annabel feuilleta d'autres pages. « Il y a un modèle. Certains de ces patients n'ont jamais déposé de plainte officielle. D'autres l'ont fait... et se sont soudainement rétractés. »

« Ou la clinique a perdu les papiers. » La voix d'Evie dégoulinait d'incrédulité.

Elles se sont assises, en train de réfléchir.

✳✳✳

« Le personnel de la clinique devait savoir quelque chose, » a finalement déclaré Annabel.

« Margaret l'aurait certainement fait. Elle était son bras droit.

« Ce qui signifie... » Annabel tapota la table, « soit elle a aidé à le protéger... ou elle a été prise dedans. »

Evie se mordit la lèvre. « Elle est vive. Observatrice. Elle remarquerait si son médecin faisait de mauvaises pratiques. »

La voix d'Annabel se taisait maintenant. « Et si elle n'était pas seulement son infirmière ? »

Evie leva un sourcil. « Tu crois qu'il y avait quelque chose entre eux ? »

« Je pense... Elle avait *une raison* de le soutenir. Qu'il s'agisse d'amour, de fidélité, de peur ou de dette... Je ne sais pas encore. »

Evie ouvrit la bouche, puis la referma.

« Est-ce qu'on la confronte ? » a-t-elle finalement demandé.

Annabel jeta un coup d'œil vers la fenêtre qui s'assombrissait.

« Pas encore. »

***

Elle ramassa un petit bout de papier glissé entre les rapports. C'était écrit à la main. Pas officiel.

« Je sais que j'aurais dû l'arrêter. »

« *Mais je ne savais plus où se trouvait la limite.* »

Pas de signature. Mais Annabel était prête à parier que ce n'était pas l'écriture d'Alistair.

***

Perséphone sauta à terre et traversa la table, posant doucement une patte sur le billet non signé.

Evie cligna des yeux. « Elle devient incroyablement douée dans ce domaine. »

Annabel sourit faiblement, mais ses yeux restèrent sur le papier.

« Nous devons savoir qui a écrit cela. Et puis nous demandons à Margaret pourquoi elle a laissé cela se produire. »

Chapitre 10

Les lumières étaient toujours allumées à la clinique Little Firling, mais à peine – une lampe vacillante près de la réception, une lueur tamisée derrière la vitre givrée du back-office.

Annabel frappa légèrement, puis poussa la porte.

Sasha Eldridge était assise derrière le bureau de la réception, penchée sur une tasse de thé et une crème pâtissière à moitié mangée. Son carré blond était légèrement crépu par la pluie, et son expression était réglée sur « Je suis fatiguée et à un soupir d'une dépression nerveuse ».

Quand elle a vu Annabel, elle n'a pas pris la peine de sourire.

« Vous venez annuler votre vaccin contre la grippe ? »

Annabel entra lentement. « J'espérais te demander quelque chose. »

Sasha leva un sourcil. « Je suis en congé. Mais si ce n'est pas contagieux, allez-y. »

Annabel tendit la note pliée – la confession anonyme du dossier de Forsyth.

« Reconnaissez-vous l'écriture ? »

Sasha le regarda un instant trop longtemps.

Puis elle cligna des yeux et détourna le regard.

« Non. Je ne l'ai jamais vu. »

***

Perséphone, qui s'était glissée derrière Annabel comme le *fantôme de soie noire de la vérité*, sauta silencieusement sur le bureau de la réception et prit la pose d'un sphinx.

Sasha la regarda fixement.

« Cette chatte me déteste. »

Annabel sourit faiblement. « Elle déteste plus les menteurs. »

Sasha fronça les sourcils mais ne la poussa pas hors du bureau.

***

Annabel s'assit sur l'une des chaises de la salle d'attente. « Vous avez été ici pendant la majeure partie de la carrière du Dr Forsyth. Vous avez dû voir beaucoup de choses. »

Sasha remua son thé avec plus d'agressivité que nécessaire.

« J'ai vu les formulaires. J'ai vu des gens crier dans le hall. J'ai vu Margaret pleurer dans le placard. J'ai vu Alistair faire semblant de ne pas le remarquer. »

Cela attira l'attention d'Annabel.

« Margaret a pleuré ? »

Sasha renifla. « S'il vous plaît. Elle lui était dévouée. Elle adorait le sol sur lequel il a marché – et y a probablement saupoudré un antiseptique par la suite. »

« Était-ce personnel ? »

Sasha leva les yeux. « Il l'a sauvée une fois. Quelque chose s'est passé... plusieurs années de cela. Elle n'a jamais dit quoi, mais après ça ? Elle aurait pris une balle pour lui. »

Annabel réfléchit à cela. « Ou en a transformé un en seringue. »

***

Elle posa doucement la note sur le bureau.

« Si vous n'avez pas écrit ceci, qui pensez-vous l'a fait ? »

Sasha hésita.

Puis, avec un haussement d'épaules :

« Ça aurait pu être Graham. Il avait l'habitude de se faufiler ici après les heures de travail. Ils se sont battus. Une fois, Alistair a lui lancé un presse-papiers. Je l'ai entendu de la réception. Le lendemain, tout était à nouveau calme. »

« Pourquoi êtes-vous encore ici ? » demanda Annabel, doucement maintenant. « Vous avez vu les dossiers. Vous savez ce que les gens disent. »

Sasha laissa échapper une longue respiration et fixa son thé comme s'il contenait une carte vers une autre vie.

« Parce que je ne sais pas comment partir. Cet endroit est un gâchis, mais c'est *mon* gâchis. »

***

Perséphone s'étira lentement et passa sa queue dans la soucoupe à thé de Sasha.

Elle siffla – pas le chat. Sasha.

« Très bien. Peut-être que j'ai vu cette écriture. Peut-être une fois. Sur un post-it. Margaret se laisse des rappels dans son casier. Stupides petits mantras. »

Les yeux d'Annabel se plissèrent. « Des mantras ? »

Sasha haussa les épaules. « 'Faites mieux', 'ne parlez pas', 'rappelez-vous pourquoi.' Ce genre de choses. »

Evie, qui s'était penchée dans l'embrasure de la porte tout le temps, hocha la tête. « On dirait une femme qui essaie de se tenir debout avec l'espoir et le déni. »

Annabel s'arrêta, la main sur le billet. « Qu'en est-il... d'autres personnes ? Patients.

Familles. Quelqu'un est-il jamais venu ici en colère ? »

Les yeux de Sasha se tournèrent vers l'horloge sur le mur, comme si elle se demandait combien de temps elle voulait en dire de plus.

Puis elle soupira. « Il y avait une femme. Mère d'une fille décédée – méningite. Elle s'appelait Irene Holt. Elle est revenue un an plus tard. Elle s'est assise dans la salle d'attente tous les vendredis pendant un mois. Elle n'a rien dit. Elle s'est juste assise. »

Evie fronça les sourcils. « C'est... effrayant. »

« Elle m'a donné une boîte de biscuits, » a déclaré Sasha, les yeux distants. « Puis un jour, elle a cessé de venir. »

Annabel plissa les yeux. « Qu'est-ce qui lui est arrivé ? »

« Elle vit maintenant juste à l'extérieur du village. Au bord de Firling Cross. Marche avec une canne. Son mari... » Sasha baissa la voix...

« il avait blâmé Alistair. Complètement. Il m'a dit une fois que si le karma ne faisait pas l'affaire, il devrait peut-être le faire. »

Evie siffla bas. « Eh bien, ce n'est pas inquiétant du *tout*. »

Annabel se pencha vers l'intérieur. « Qui d'autre ? »

« Bryn Lewis. Il a prétendu qu'Alistair lui avait prescrit un cocktail de médicaments qui avait aggravé son cœur. Alistair jura que c'était une erreur du patient. Bryn a juré que c'était de l'arrogance médicale. »

Evie griffonna des notes. « Et est-il du genre vengeance subtile ? »

Sasha renifla. « Une fois, il a collé une note grossière sur la porte de la clinique. »

***

Annabel se leva.

« Merci. »

Sasha eut un sourire crispé et ironique. « Si vous dites à quelqu'un que j'ai été utile, je le nierai. »

Perséphone agita à nouveau sa queue, cette fois en tapotant légèrement le bord de la note de confession comme pour dire : *Tu te réchauffes.*

Chapitre 11

Le lendemain matin, il y avait de la brume et des nuages bas, le genre de ciel qui menaçait de pleuvoir mais qui ne s'était pas tout à fait engagé – un temps parfait pour les secrets.

Annabel et Evie prirent le long chemin vers Firling Cross, passant devant des haies lourdes de rosée et des jonquilles s'inclinant en silence.

Perséphone, malgré la suggestion d'Annabel de rester au chaud à l'intérieur, s'était contentée de la regarder, offensée et de les suivre avec sa grâce résolue habituelle.

« Nous n'accusons personne pour l'instant, » a déclaré Annabel, plutôt pour elle-même.

« Nous observons, » a répondu Evie. « Comme des experts de la faune sauvage de village passifs-agressifs. »

***

Premier arrêt : Irene Holt

Le chalet était petit, situé au bord d'un champ bordé d'aubépines. Pelouse soignée. Parterres de roses immaculés. Mais les rideaux sont restés fermés.

Annabel frappa. Ils ont attendu. Puis la porte s'ouvrit un peu en grinçant.

Irene Holt avait l'air plus âgée qu'elle n'aurait dû – pas en âge, mais en posture. Ses yeux étaient perçants, son cardigan élimé aux coudes.

« Vous ne vendez rien, n'est-ce pas ? »

Annabel secoua doucement la tête. « Nous posons des questions sur le Dr Forsyth. »

Une longue pause.

Puis : « Mort, n'est-ce pas ? »

Evie cligna des yeux. « Tu ne le savais pas ? »

« Je savais que quelque chose avait changé. Le village devient plus silencieux quand quelqu'un obtient enfin ce qu'il mérite. »

Annabel hésita. « Croyez-vous que quelqu'un a fait cela délibérément ? »

L'expression d'Irene ne changea pas. « Je crois que la justice finit par arriver. La méthode n'est pas pertinente. »

Perséphone miaulait doucement.

Irène baissa les yeux. « Cette chatte a toujours aimé mon jardin. »

« Vous étiez assise dans le hall de la clinique. Les vendredis. »

« Je l'ai fait. » Elle ouvrit la porte un peu plus largement. « Pour lui rappeler que je n'avais pas oublié. Pour lui faire regarder ce qu'il avait fait, chaque semaine. »

« Pourquoi t'es-tu arrêtée ? »

« Parce que finalement... Il a cessé de regarder en arrière. »

La porte se referma.

***

Prochain arrêt : Bryn Lewis, le nuage d'orage ambulant.

Ils l'ont trouvé à l'extérieur du Lièvre et le limier, en train de fumer quelque chose qui n'était probablement pas légal et de poncer agressivement une canne.

« Je pensais que tu serais en train de renifler ici assez tôt, » grogna-t-il.

Annabel hocha la tête. « Nous avons entendu dire que vous aviez des antécédents avec le médecin. »

« Des antécédents ? Cet homme m'a donné une drogue qui a failli me tuer. Puis *il m'a* reproché de m'être trompé. »

Evie leva un sourcil. « Tu as l'air bien vivant. »

« Oh, je suis vivant. *Pour lui, ce n'est pas le cas.* C'est pratique, n'est-ce pas ? »

Annabel l'étudia. « Lui as-tu jamais dit que tu te vengerais ? »

Bryn leva brusquement les yeux. « Je l'ai *dit à tout le monde*. Si le karma ne l'emportait pas, je finirais le travail. »

Evie se pencha. « Alors... Le timing de Karma t'a épargné l'effort ? »

Il n'a pas bronché. « Peut-être. »

Annabel fit un pas de plus. « Et maintenant ? »

Il expira. « Maintenant, je peux réparer mon cabanon en paix. Et personne ne frappera à la porte pour des brochures de bien-être maudites. »

« Mais tu ne l'as pas fait, » dit doucement Annabel.

« Je n'ai pas dit que je ne l'avais pas fait, » a-t-il répliqué – et s'est éloigné en sifflant.

***

Plus tard, de retour au chalet, Evie s'est affalée sur une chaise. « Donc, Irene est intense et poétique. Bryn est juste... fou. »

Annabel feuilleta à nouveau le dossier.

« Les deux avaient un mobile. Mais ni l'un ni l'autre n'y avaient accès. Ni l'un ni l'autre n'étaient au courant de l'examen interne. Ni l'un ni l'autre n'ont pris le thé avec lui ce jour-là. »

Evie hocha lentement la tête. « Nous avons fait le tour des plates-bandes. Et toutes les empreintes de pas vous ramènent... »

« Au cabinet de chirurgie, » a dit Annabel.

« Et à Margaret. »

Perséphone émit un seul gazouillis pointu.

« D'accord, d'accord, » marmonna Evie. « Il est temps de rempoter quelques secrets. »

Chapitre 12

Le jardin derrière la maison de Margaret Coombes était immaculé.

Haies de buis taillées à moins d'un pouce de leur vie. Lavande taillée à une symétrie parfaite. Pas une seule herbe n'osait jeter un coup d'œil à travers le chemin de gravier. Si le contrôle avait un lieu, ce serait celui-ci.

Annabel, avec Evie à côté d'elle et Perséphone sur ses talons, frappa une fois à la porte de derrière.

Elle s'ouvrit avant qu'elle ne puisse frapper à nouveau.

Margaret se tenait debout, avec ses gants de jardinage, une tache de compost sur la joue, les yeux méfiants.

« Si vous êtes ici pour bavarder, je vous suggère le pub. »

Annabel montra le dossier en papier manille – l'examen interne de Forsyth – et la note pliée avec l'écriture indubitable de Margaret.

« Nous sommes ici pour la vérité. »

***

À l'intérieur, la bouilloire sifflait déjà, comme si Margaret les avait attendues.

Elle versa le thé avec des mains calmes mais des lèvres serrées. Les tasses étaient simples. La tension n'était pas.

« Vous avez lu le dossier, » a-t-elle dit, plus une déclaration qu'une question.

Annabel hocha la tête. « Nous savons qu'il y a eu des plaintes. Des modèles. Un système conçu pour cacher l'échec. »

Evie a ajouté : « Et quelqu'un qui a essayé – discrètement – de l'arrêter. »

Elle glissa la note vers l'avant.

Je sais que j'aurais dû l'arrêter.

Mais je ne savais plus où se trouvait la ligne.

Margaret la regarda fixement.

Elle ne l'a pas nié.

***

« Il m'a sauvé la vie, » a-t-elle finalement dit calmement. « Il y a des années. Une alerte du cancer. Il l'a attrapé tôt. J'ai fait passer des tests quand personne d'autre ne m'a cru. J'ai survécu grâce à lui. »

Une longue respiration.

« Alors, quand les plaintes ont commencé... Je ne voulais pas les croire. Je me suis dit que les gens font des erreurs. Il était surmené. Fatigué. Peut-être qu'ils avaient tort. »

Annabel ne dit rien.

« Mais ensuite, Graham est revenu. Fâché. Méchant. Ressassant le passé. Et j'ai vu... *Alistair changement.* Il a commencé à se remettre en question. Puis blâmer les autres. Puis... à cacher des choses. »

La voix d'Evie était douce. « Pourquoi ne l'avez-vous pas dénoncé ? »

« Parce que je l'aimais, » murmura Margaret. « Pas romantiquement. Pas même en tant qu'ami. Mais avec ce genre de *loyauté terrible et désespérée* qui vous rend aveugle. »

Perséphone sauta sur le comptoir de la cuisine et renversa un petit pot en céramique.

À l'intérieur ? Un bout de papier déchiré.

Margaret tressaillit.

Annabel le récupéra. Une page d'un journal intime ?

« Graham ne s'arrêtera pas. Béatrice n'était que le début. Il va tout gâcher. »

Les yeux d'Evie s'écarquillèrent. « Donc, il y avait quelque chose avec Béatrice. »

Margaret hocha la tête, des larmes coulant maintenant sur sa joue en silence.

« Ils avaient une relation. Tranquille. Compliqué. Elle est partie après que quelque chose ait mal tourné. Je n'ai jamais su toute l'histoire, seulement que Graham a blâmé Alistair. Et quand elle a été appelée à témoigner... Alistair *paniqua.* »

Annabel se pencha vers l'intérieur. « Graham l'a-t-il tué ? »

Margaret secoua la tête.

« Je ne sais pas. Mais je sais que Graham *voulait le confronter à la foire.* Dire... Il avait quelque chose qui allait mettre fin à tout. »

« Et vous ? » demanda doucement Annabel. « Aviez-vous quelque chose à protéger ? »

Margaret leva les yeux, brisée mais sans honte.

« Seulement ce en quoi je croyais. Jusqu'à ce qu'il se brise. »

***

Elles sont parties en silence.

Perséphone s'arrêta à la porte, battant une fois de la queue.

Evie murmura : « Elle n'est pas coupable. Mais elle n'est pas innocente non plus. »

Annabel regarda vers le parc herbeux du village.

« Alors nous ferions mieux de trouver la personne qui l'est. »

Chapitre 13

L'hippodrome de Firling Downs n'était pas charmant.

Ça sentait la bière éventée, le gazon humide et les oignons frits - et les parieurs allaient de pros usés en casquettes de tweed aux locaux plissant les yeux sur les billets de course comme s'ils essayaient de décoder d'anciennes runes.

Annabel, Evie et Perséphone (introduites clandestinement via un sac à main déterminé) se sont frayées un chemin à travers la petite foule du samedi vers le stand de nourriture près de l'enclos - où une silhouette familière voûtée était affalée sur un plateau de cosses et de sauce en polystyrène.

Graham Forsyth.

✳✳✳

Il leva les yeux avant qu'elles ne parlent.

« Je pensais que vous me retrouveriez. »

Annabel était assise à côté de lui sur le rebord bas de briques. « Nous avons des questions. »

« Je ne suis pas surpris. » Il a pris un chip. « Vous voulez savoir si j'ai tué mon frère. »

Evie a dit : « Nous voulons savoir ce que vous ne nous dites pas. »

✳✳✳

Graham a regardé la piste pendant un long moment.

« J'ai quitté le village vendredi après-midi, » a-t-il dit. « J'ai pris le train. J'ai passé la nuit à Mickleham avec un vieux pote - Freddy Lowes. Il a une vidéosurveillance sur son porche et une livraison de pizza horodatée à 20h12. »

Annabel leva un sourcil. — Et le lendemain matin ?

« Nous n'avons pas quitté la maison avant dix heures. Il regardait les premières courses depuis son canapé. J'ai des reçus de paris horodatés de l'application. Vous les voulez ? »

Evie hocha lentement la tête. « Donc, vous n'auriez pas pu trafiquer le thé. »

« Je n'ai pas touché à sa tasse, à ses herbes, à sa collection de fleurs foutues. La dernière fois que j'ai vu Alistair, c'était il y a trois semaines. Et oui, nous avons crié. Je voulais qu'il dise la vérité. Mais je ne l'ai pas tué. »

***

Annabel a tendu la photo.

« Parlez-moi de Béatrice. »

Graham tressaillit.

« Il l'a ruinée, » dit-il doucement. « Il l'a gazée, lui a fait croire qu'elle était paranoïaque. Elle l'a surpris en train de déchiqueter les résultats des tests. Elle l'a confronté. »

« Que s'est-il passé ? »

« Il l'a qualifiée d'instable. Je l'ai fait muter. Puis l'a exclue de trois cliniques. »

Evie fronça les sourcils. « « Mais elle a témoigné contre lui ? »

Graham hocha la tête. « Elle a utilisé un nom différent. Bea Holloway. D'après le nom de jeune fille de sa mère. Elle a tout dit au conseil. Mais c'était scellé. Un arrangement tranquille. Elle a disparu des radars. »

Les yeux d'Annabel s'aiguisèrent. « Jusqu'à maintenant ? »

Graham hocha la tête. « Elle m'a contacté. Elle a dit qu'elle pensait revenir. Elle voulait tourner la page. Elle a dit qu'elle pourrait même parler à un journaliste. »

« Alistair le savait-il ? »

« Je pense qu'il *soupçonnait*. Il était sur les nerfs. Nettoyage des fichiers. Paniqué. »

***

Annabel s'assit.

« Pensez-vous que quelqu'un l'a tué pour le protéger ? »

Graham a ri – amer et fêlé. « Personne n'a jamais protégé Alistair. Pas vraiment. Les gens le laissaient simplement mentir. Et parfois, c'est pire. »

***

Ils ont laissé Graham les yeux fixés sur la piste.

Perséphone trottait à côté d'eux, silencieuse, pensive.

Evie parla la première. « Alors… Il n'est pas notre tueur. »

Annabel soupira. « Non. Mais il aurait pu tuer quelqu'un d'autre. »

Evie cligna des yeux. « Béatrice ? »

Annabel hocha la tête. « Si elle revenait… Quelqu'un aurait peut-être voulu l'arrêter aussi. »

Chapitre 14

La clinique était fermée pour l'après-midi. Une pancarte imprimée sur la porte indiquait « Formation du personnel, » mais Annabel et Evie savaient toutes les deux que c'était un code pour quand Dr. Graves veut que tout le monde parte.

Ce qui en faisait le moment idéal pour frapper.

Perséphone, naturellement, s'est faufilée avant que la porte ne se soit complètement ouverte.

Le Dr Graves n'avait pas l'air surpris de les voir.

« Je me demandais quand vous reviendriez. »

Annabel entra calmement. « Nous avons besoin de plus. »

Il fit un geste vers les chaises en face de son bureau. La pièce sentait encore légèrement la menthe et l'antiseptique – trop propre pour une véritable tranquillité.

***

« Nous avons identifié Béatrice, » commença Annabel. « Elle utilise le nom de Bea Holloway. Nous savons qu'elle a témoigné. Vous devez le savoir aussi. »

Graves joignit les mains. « Son nom a été expurgé dans la version que vous avez vue. J'avais le dossier complet. »

Evie plissa les yeux. — Et vous n'avez pas pensé à nous le dire ?

« Ce n'était plus pertinent pour l'enquête du conseil. Elle a disparu après l'audience. Pas de contact de réexpédition. Personne ne l'a vue depuis près de deux ans. »

Annabel se pencha vers l'intérieur. « Avez-vous regardé ? »

Graves cligna des yeux. « Non. »

« Alors vous l'avez sous-estimée. Elle avait l'intention de revenir. »

Cela l'a pris au dépourvu. Sa posture changea légèrement. « Comment le savez-vous ? »

Evie sourit. « Oh, vous savez. Comme le font les femmes – via des miettes de pain, des chats et des ex-petits amis furieux. »

Annabel changea de ton.

« Nous voulons parler de la femme d'Alistair. Delia Forsyth. Décédée il y a deux ans. Signalée comme causes naturelles. Pas d'autopsie. »

Un long silence.

« Elle avait été malade, » a finalement déclaré Graves. « Complications auto-immunes. »

« Lui faisait-elle confiance ? » demanda Annabel.

Graves n'a pas répondu.

Evie : « Lui faisais-tu confiance ? »

Graves hésita, puis se leva. Déplacé vers l'étagère.

De derrière une rangée de journaux, il sortit une enveloppe scellée, non marquée, épaisse.

Il le posa sur le bureau.

« Ceci... n'a pas été inclus dans le rapport du conseil. Il a été laissé anonymement dans mon cabinet de clinique il y a un mois. Pas de nom. Juste une note qui disait : *'Il l'a déjà fait.'* »

Annabel ouvrit l'enveloppe.

À l'intérieur étaient une copie de l'historique des ordonnances de Delia Forsyth, ses notes de patients (certaines avec des lacunes inquiétantes), une note d'une écriture tremblante : *elle ne voulait pas des pilules. Elle a arrêté de les prendre. Mais il a continué à pousser.*

***

Evie murmura : « Pensez-vous qu'il l'a empoisonnée ? »

Graves ne dit rien. Mais il ne l'a pas nié.

***

« Et qui d'autre ? » Annabel insista. « Vous avez vu les dossiers. J'ai parlé au personnel. Qui d'autre le haïssait ? »

Graves s'assit de nouveau. « Tout le monde ne le détestait pas. Certains le craignaient. Certains dépendaient de lui. Mais... »

Il en sortit un autre papier.

« Il y a eu une plainte d'un ancien membre du personnel. Un nom que vous reconnaîtrez peut-être. Maggie Cooke. »

Annabel leva brusquement les yeux. « La boulangère ? »

« Elle l'était, » a déclaré Graves. « Aujourd'hui, elle tient le magasin de fleurs. Elle a dit qu'elle avait besoin de quelque chose de plus calme. »

Il s'arrêta. « Les gens trouvent leur propre façon de guérir, je suppose. »

« Avant, elle était aide-soignante. Elle a travaillé avec Alistair lorsqu'il rendait visite à des personnes âgées. Elle avait déposé une plainte... puis l'a retirée. »

Annabel se pencha en arrière. « Pourquoi la rétracter ? »

Graves plia les papiers. « Il avait une façon de faire en sorte que les gens se sentent petits. Stupide. Suractif. Surtout les femmes. »

La voix d'Annabel se tut. « Alors, tout ce village a été formé pour l'excuser. »

Perséphone sauta sur le bureau, regarda Graves et poussa un grognement sourd.

***

Dehors, les nuages s'amoncelaient.

À l'intérieur, la tempête avait déjà commencé.

Chapitre 15

L'odeur les a frappés avant que la cloche ne le fasse – un tourbillon enivrant de lys, d'eucalyptus et de quelque chose de légèrement citronné qu'Evie a immédiatement soupçonné d'être « un savon qui en fait trop ».

La fenêtre indiquait :

Cooke & Vine – Des fleurs pour chaque saison

... écrits en boucle dorée, Annabel était presque sûre que Florence Cattermole détesterait.

Lorsqu'elles entrèrent, Evie murmura : « L'année dernière, elle glaçait des cupcakes et menaçait quiconque disait que ses tartes aux amandes étaient sèches. »

Annabel sourit. « Elle était dans le coma, Evie. Certaines personnes se lancent dans la tenue d'un journal. Maggie s'est mise à la fleuristerie. »

Evie haussa les épaules. « Traumatismes et bégonias. Ça pourrait être pire. »

***

À l'intérieur, Maggie Cooke était plongée jusqu'aux coudes dans des roses blanches et un meunier poussiéreux, nouant des rubans avec une concentration qui aurait pu désamorcer une bombe. La boutique était chaleureuse, remplie de jazz doux et d'un chaos à peine contrôlé – des vases en verre tintaient faiblement et quelqu'un avait de nouveau trop arrosé les fougères.

« Si vous êtes ici pour des pivoines de dernière minute en mars, » a déclaré Maggie sans lever les yeux, « épargnez-nous tout le drame. »

Annabel s'avança. « Pas des fleurs. Juste la vérité. »

***

Maggie ne broncha pas, mais le ruban qu'elle tenait à la main se déchira.

Elle se redressa lentement, essuyant son tablier, les yeux se posant brièvement sur Perséphone, qui avait sauté sur le comptoir et regardait une jardinière en céramique en forme de canard comme si elle lui devait de l'argent.

« J'ai pensé que quelqu'un viendrait frapper à la porte. »

Evie jeta un coup d'œil autour d'elle. « Je ne pensais pas que ce serait dans un magasin de fleurs, pour être honnête. Tu avais l'habitude de cuisiner. »

Maggie eut un sourire fatigué. « La farine a commencé à me donner des flashbacks. »

La voix d'Annabel était douce. « Alors, vous avez changé de cap. »

« Ouais, » a dit Maggie. « La pâtisserie était bruyante. Les fleurs ne crient pas quand les choses tournent mal. »

***

Annabel posa le billet sur le comptoir.

L'écriture tremblante. Le poids de l'implication.

Elle ne voulait pas des pilules. Elle a arrêté de les prendre. Mais il a continué à pousser.

« Vous avez déjà vu cela, » a déclaré Annabel. « N'est-ce pas ? »

Maggie hocha la tête. « Épinglé au fond de l'armoire à pharmacie de Delia. Je l'ai trouvé lors d'une visite à domicile. Je ne pensais pas que quelqu'un d'autre l'avait remarqué. »

« Vous avez porté plainte, » a déclaré Annabel. « Puis vous l'avez rétracté. »

« Parce que le lendemain, ma mère, qui avait besoin d'une ordonnance d'urgence, s'est soudainement retrouvée au bas de la liste des patients. Délibérée ou non, Margaret a transmis le message avec un sourire et un 'peut-être avez-vous mal compris' ».

Evie grimaça. « C'est calculé. »

Maggie baissa les yeux. « C'était de la protection. Elle pensait qu'elle maintenait tout à flot. Ou peut-être simplement le maintenir à flot. »

****

« Connaissiez-vous Bea Holloway ? » demanda Annabel.

Maggie tressaillit, juste légèrement. « Tout le monde connaissait Bea. Intelligente. Courageuse. Trop bien pour l'endroit. »

« Elle est partie ? »

« Elle a disparu. Après avoir trouvé quelque chose. Je n'ai jamais su quoi, juste que cela l'a secouée. Elle a dit : 'Ils ont enterré Delia. Ils vont enterrer ça aussi.' » Puis elle a disparu. »

Evie se pencha. « Mais elle vous a dit qu'elle allait au conseil d'administration ? »

« Oui. Ensuite, je n'ai plus jamais entendu parler d'elle. »

∗∗∗

Perséphone a choisi ce moment pour faire tomber la jardinière de canard du comptoir.

Il a heurté le sol. Brisé.

Maggic n'a pas bronché.

Evie a marmonné : « Elle est tellement dramatique ces derniers temps. »

Annabel, qui regardait toujours Maggie, dit doucement : « Et qui d'autre aurait pu savoir ce que Bea a trouvé ? »

Maggie prit une inspiration. « Peut-être Colin Denby. Il avait l'habitude de jardiner pour les Forsyth. Il était silencieux, mais il voyait des choses. »

« Comme quoi ? »

« Comme Delia parlant aux oiseaux. Ou pleurant dans les parterres de roses. Comme la façon dont ses prescriptions ont changé, même quand elle n'a pas changé. »

Annabel hocha lentement la tête. « C'est Colin, alors. »

***

Elles sont parties sans un mot de plus.

Alors que la porte se refermait derrière eux, Evie a dit : « Alors, Maggie n'est pas une tueuse. »

Annabel regarda devant elle, pensive. « Non. Mais elle a vu les racines. Elle ne pouvait tout simplement pas arrêter la floraison. »

Perséphone a donné un coup de queue une fois, comme un point final sur une phrase que personne ne voulait terminer.

Chapitre 16

Le chalet de Colin Denby se trouvait à l'extrémité de Little Firling, caché derrière un bosquet de vieux noisetiers et de coings en fleurs. Le genre d'endroit dont la plupart des villageois avaient oublié l'existence – et c'était exactement comme ça que Colin l'aimait.

Annabel, Evie et Perséphone suivirent le chemin usagé jusqu'à sa porte tordue, où un panneau en bois sculpté indiquait : « Marchez doucement – Les racines se souviennent ».

Evie a marmonné : « Ce n'est pas effrayant du tout. »

***

Colin a ouvert la porte portant un pantalon taché de boue et un pull qui avait connu des décennies meilleures. Ses cheveux, comme la mousse sur sa clôture, n'étaient pas dérangés par le temps ou la coupe.

« Mesdames, » a-t-il dit, clignant lentement des yeux. « Et Mlle Perséphone. »

La chatte, bien sûr, entra la première.

***

Sa maison sentait le thym séché, les vieux livres et la tourbe. Le salon avait plus de plantes que de chaises. Une théière fumait tranquillement à côté d'un puzzle à moitié achevé d'une ruine antique envahie par le lierre.

« Qu'est-ce qui vous amène dans mon coin envahi par la végétation ? » demanda-t-il en versant du thé dans des tasses dépareillées.

Annabel a montré la photo – Alistair, Graham et Bea.

« Nous savons qu'elle a utilisé le nom de Bea Holloway. Nous pensons que vous la connaissiez. »

Colin baissa les yeux sur la photo, puis sur Perséphone.

« Elle avait l'habitude de s'asseoir juste là, » a-t-il dit, en montrant le rebord de la fenêtre. « Elle a dit que la lumière l'avait rendue honnête. »

Evie demanda doucement : « Vous a-t-elle écrit ? »

Colin n'a pas répondu. Mais Perséphone a sauté sur une étagère voisine et a commencé à frapper une rangée de vieux journaux de jardinage.

Bourrade. L'un d'eux est tombé au sol.

À l'intérieur : une lettre.

***

Annabel l'ouvrit.

Manuscrit. Plié deux fois. Daté deux semaines avant la foire.

Colin

J'ai décidé. Je reviens. Je ne peux pas le laisser mourir en pensant qu'il a gagné. Si je disparais à nouveau, faites-leur savoir que j'ai essayé.

— Béa

La voix d'Annabel était ferme. « Tu n'en as parlé à personne ? »

Les mains de Colin tremblaient légèrement. « Elle m'a fait confiance. Elle a dit qu'elle avait besoin d'une semaine pour rassembler des preuves. Je ne voulais pas trahir ça. »

Evie fronça les sourcils. « As-tu dit à Alistair qu'elle arrivait ? »

« Non. Mais je pense que Margaret le savait. D'une manière ou d'une autre. Elle savait toujours des choses qu'elle ne devrait pas. »

***

Annabel regarda de nouveau la lettre. « Pourquoi avait-elle si peur ? »

Colin regarda dans son thé.

« Parce qu'elle savait cc qui était arrivé à Delia. Et elle savait qu'Alistair n'avait pas fini de cacher des choses. »

Un long silence.

« J'étais censé la rencontrer. Le lendemain matin de la foire. Elle ne s'est jamais montrée. »

***

Dehors, le vent s'est levé.

À l'intérieur, Perséphone se pelotonnait près de l'âtre froid, les yeux mi-clos, comme si elle venait de résoudre l'affaire et attendait que

tout le monde la rattrape.

Chapitre 17

Le Lièvre et le limier était plus silencieux que d'habitude, mais non moins curieux.

Les banderoles de la foire du jardin s'affaissaient encore dans un coin, quelques pétales éparpillés sur l'âtre. Un feu brûlait bas, et les commérages brûlaient plus haut.

Annabel et Evie se glissèrent dans leur cabine habituelle avec un signe de tête discret à Henry Griggs, le barman, qui versa leurs boissons sans demander.

Perséphone bondit à côté d'eux, ignora cette fois le pâté de sardines, et se percha comme un interrogateur attendant le prochain suspect.

« Tu peux le sentir, » murmura Evie. « Tout le monde est nerveux. »

Annabel hocha la tête. « Nous devons simplement les laisser parler. »

TABLE UN : Florence Cattermole, toujours aussi affûtée.

« Vous me demandez, Margaret est à peine sortie de la maison depuis la foire. Garde ses rideaux fermés toute la journée. Ce qui est suspect, *à moins qu'elle n'ait quelque chose d'hideux qui fleurit dans son jardin.* »

Evie murmura : « Ou une conscience. »

***

TABLE DEUX : Sasha, penchée sur son cidre.

Sasha Eldridge était assise seule, retournant un sous-verre, son genou rebondissant.

Henry s'approcha d'elle avec un verre. Elle leva les yeux.

« Merci, » murmura-t-elle. « Même si je suis hors de la rotation. »

Il a fait un petit sourire. « La clinique n'est pas la même sans votre rage chuchotante. »

Sasha souffla. « Ce n'est pas de la rage. C'est un traumatisme refoulé et le sevrage de la caféine. »

Elle s'arrêta.

Puis elle ajouta tranquillement : « Vous savez, il avait l'habitude de confondre les ordonnances quand Margaret n'était pas là. Je les corrigeais toujours. Mais si je n'avais pas… Je me demande combien de personnes auraient été blessées. »

Annabel et Evie échangèrent un regard.

« L'as-tu jamais signalé ? » a demandé Evie.

Sasha jeta un coup d'œil autour d'elle. « Non. Parce que Margaret dirait que j'exagérais. Et elle *dirigeait* cet endroit. Pas Alistair. Pas même le tableau. C'était *sa* clinique. »

***

TABLE TROIS : Colin, étonnamment bavard maintenant.

Il les fit signe de s'approcher avec un verre de vin de bière de gingembre.

« Je me suis souvenu de quelque chose, » a-t-il dit doucement. « Jour de la foire. J'ai vu Margaret de bonne heure, avant l'ouverture. Elle se dirigeait vers le parc herbeux, portant quelque chose dans une bouteille thermos. »

Annabel cligna des yeux. « Un thermos ? »

« Elle a dit que c'était un tonique spécial. Pour la « tente d'invités, » mais elle est passée complètement devant la tente.

Evie se pencha. « Où est-elle allée ? »

« Vers le stand de thé. »

***

Silence. Grave. Confirmant.

Perséphone cligna lentement des yeux.

***

En partant, Evie murmura : « Sasha corrige les erreurs d'Alistair, Margaret passe outre le bâton et Colin l'a vue avec *le thermos.* »

La mâchoire d'Annabel se serra. « Elle ne savait pas seulement ce qu'Alistair faisait. »

« Elle a essayé d'empêcher qu'il ne soit exposé. »

Perséphone miaula.

« Elle *a tué* pour protéger un mensonge. »

Chapitre 18

Le jardin derrière la maison de Margaret Coombes était encore trop parfait.

Même le vent n'a pas pu ébranler les haies. Les lavandes se dressaient comme des soldats. Mais aujourd'hui, les fleurs ne réconfortent pas, elles regardent.

Annabel sonna.

Evie croisa les bras.

Perséphone se blottit sur le mur de pierre, sans cligner des yeux.

Margaret ouvrit la porte vêtue de son cardigan habituel, ses cheveux tirés en une torsion soignée. Mais ses yeux semblaient fatigués, comme si elle avait été debout toute la nuit à attendre ce moment précis.

« Vous venez m'accuser, alors ? »

Annabel n'a pas cligné des yeux. « Nous sommes venues pour la vérité. »

Margaret s'écarta.

***

À l'intérieur, le thé était déjà en train d'infuser.

« Camomille ? » Offrit Margaret.

Evie regarda la tasse comme si elle faisait tic-tac. « Passe difficile. »

Ils s'assirent à la petite table. Margaret prit sa tasse mais ne sirota pas.

***

Annabel posa un dossier sur la table.

« Sasha nous a parlé des erreurs de prescription. Sur la façon dont vous avez fait fonctionner la clinique. Pas Alistair. »

Margaret ne dit rien.

« Colin vous a vu le matin de la foire. Avec un thermos. »

Toujours rien.

« Vous lui avez dit que c'était pour la tente des invités. Mais vous n'y êtes jamais allée. Tu es allée au stand de thé. »

Margaret posa sa tasse. Le moindre tremblement dans sa main.

Evie se pencha en avant. « Était-ce du poison ? Ou des médicaments dont il n'avait pas besoin ? »

Margaret ferma les yeux.

« C'était de la belladone. »

Silence.

Même la bouilloire sur la plaque de cuisson semblait s'arrêter.

***

« Il n'était pas censé mourir, » a finalement dit Margaret, la voix brisée. « Dormir tout au long de la foire. Manquer son discours. Retarder le scandale. »

La voix d'Annabel était basse. « Vous vouliez le protéger. »

« Je voulais protéger l'*idée* qu'on se fait de lui, » murmura Margaret. « Le médecin qui m'a sauvé. L'homme qui s'est battu contre le conseil. Qui l'a maintenu pendant que tout autour de lui pourrissait. »

Elle ouvrit les yeux.

« Mais il a changé. Après Delia. Après Bea. Il a commencé à faire taire tout ce qui le menaçait. Et quand j'ai appris que Bea revenait... »

Annabel l'a terminé pour elle. « Vous avez paniqué. »

Margaret hocha la tête. « Il a dit qu'il s'en occuperait. Et je l'ai cru. Jusqu'à ce que je voie l'enveloppe qu'elle a envoyée, non ouverte, dans sa poubelle. Il n'a jamais eu l'intention d'écouter. Il allait l'enterrer. Encore une fois. »

***

Evie a pris la parole. « Alors, tu as préparé le thé. »

« J'ai mis juste assez de belladone pour le rendre groggy. Rien de fatal. Je le jure. »

Annabel la regarda fixement. « Mais c'était le cas. »

Margaret déglutit. « Il avait un problème cardiaque. Un que je ne connaissais pas. Il… a tout accéléré. »

« Tu étais son infirmière, » a dit Evie. « Tu aurais dû le savoir. »

Margaret la regarda, les yeux brillants.

« J'ai arrêté d'être son infirmière il y a longtemps. Je n'étais que l'ombre qui détenait ses secrets. »

***

Dehors, un rouge-gorge gazouillait comme s'il ne savait pas que le monde avait changé.

Perséphone sauta du mur et gratta une fois à la porte. Puis elle s'est assise. Attendant.

« Allez-vous me dénoncer ? » demanda Margaret.

Annabel se leva.

« Tu l'as déjà fait. »

Les mains de Margaret étaient maintenant serrées sur ses genoux, le thé intact.

« Il a ruiné tout ce qu'il a touché. Pas tout à la fois, mais à petits égards. D'une façon silencieuse. »

Annabel demanda doucement : « C'est ce qui s'est passé avec Bea ? »

qui s'est passé avec Bea ? »

Margaret hocha la tête. « Elle voulait croire que le système fonctionnerait. Que le conseil d'administration écouterait. Mais quand ils ne l'ont pas fait... Elle s'est effondrée. La seule personne qui l'a gardée les pieds sur terre était Ivy. »

Annabel cligna des yeux. « Ivy Gresham ? »

« Elles étaient proches. C'est Ivy qui lui a dit de partir. Elle lui a dit qu'elle arroserait son jardin jusqu'à ce qu'elle soit assez forte pour revenir. »

Evie plissa les yeux. « Ivy savait-elle ce que tu avais prévu ? »

Margaret fronça les sourcils. « Non. Je ne le lui ai jamais dit. »

Annabel s'arrêta.

Perséphone aussi.

Une ombre se déplaçait dans le jardin de
Margaret.

Chapitre 19

Le soleil était pâle lorsqu'ils atteignirent le cottage d'Ivy Gresham, une douce lueur dorée filtrée à travers les derniers nuages du printemps.

Son jardin fleurissait dans un chaos silencieux.

Achillée millefeuille, sauge, valériane, grande camomille. Des choses avec de beaux noms et des utilisations plus sombres.

Annabel, Evie et Perséphone se tenaient à la porte.

Ivy était déjà dans les parterres d'herbes aromatiques, coupant quelque chose pour le mettre dans un large panier de paille.

« Bonjour, » a-t-elle dit sans se retourner. « Je pensais que vous viendriez. »

***

Elles marchaient lentement à travers les rangées. L'air sentait la mélisse et la terre humide.

Perséphone s'avança le long du sentier, puis s'arrêta brusquement, le regard fixé sur une parcelle de hautes tiges vertes près de la clôture arrière.

Digitale.

Pourpre. Tête lourde. Floraison forte.

Annabel s'arrêta à côté d'elle. « C'est inhabituel pour votre jardin. »

Ivy ne leva pas les yeux. « Pas vraiment. Il prospère à l'ombre. »

***

La voix d'Evie était calme. « Margaret dit que vous étiez proche de Bea. »

« Je le suis toujours. Nous nous écrivons. »

Annabel s'avança. « Vous saviez qu'elle revenait. »

Ivy coupa un brin d'absinthe. « Elle avait pris sa décision. »

« Alors pourquoi ne l'as-tu pas laissée finir ? »

C'est alors qu'Ivy leva les yeux.

Son visage était calme. Non coupable. Pas sur la défensive. Juste… encore. « Parce qu'elle n'en avait pas besoin. »

***

« Tu as glissé la digitale dans le thé, » a dit Annabel.

« Je l'ai fait. »

« Pourquoi ? »

Ivy se leva lentement, s'essuyant les mains sur son tablier.

« Parce que le plan de Margaret ne fonctionnerait pas. Alistair ne voulait pas dormir. Il s'adapterait. Il tournait en rond. Il écraserait à nouveau Bea, comme avant. Et elle se brisait à nouveau. »

La voix d'Evie était rauque. « Alors, tu l'as tué pour elle ? »

Ivy les regarda, le vent attrapant l'ourlet de sa robe, la digitale se balançant derrière elle.

« Je l'ai tué pour ce qu'il avait déjà fait. Et pour ce qu'il aurait fait à nouveau. Je connaissais le dosage. Je l'ai mesuré avec précision. C'était propre. Rapide. Silencieux. »

Annabel s'approcha. « Bea ne savait pas. »

« Bien sûr que non. C'est elle qui dit la vérité. Je suis l'arracheur de mauvaises herbes. »

***

Perséphone se dirigea vers les pieds d'Ivy et s'assit. la queue enroulée comme un point d'interrogation.

Ivy baissa les yeux.

« Je ne le regrette pas, » dit-elle doucement. « Vous pouvez dire à la police si c'est votre prochaine étape. »

Annabel n'a pas répondu tout de suite.

Elle regarda la digitale. Au jardin. À la femme qui a sauvé son amie de la manière la plus définitive possible.

Puis elle dit :

« Je pense que certaines choses prospèrent à l'ombre parce qu'elles n'ont pas le choix. »

Épilogue

Le printemps avait fait place au début de l'été, et le Honeystone Cottage était maintenant complètement réveillé : la rose grimpante New Dawn se levait à mi-hauteur du treillis, la rose Desdemona brillait près de la porte de la cuisine et la rose Double Delight s'ouvrait comme si elle venait de se rappeler qu'elle était la plus belle chose du jardin.

Annabel s'agenouilla dans le parterre d'herbes aromatiques, glissant doucement un brin de fenouil bronze à côté de la citronnelle.

« Tu es dramatique, » lui murmura-t-elle. « Tu t'entendras bien avec la chatte. »

Perséphone, comme si elle avait été convoquée, s'étendit sur le rebord de la fenêtre avec un flair théâtral, puis cligna des yeux vers une abeille comme si elle était sous elle.

****

À l'intérieur, la bouilloire était allumée. Evie était à la table, feuilletant le dernier numéro de *Jardinage anglais pour ceux qui sont légèrement suspicieux.*

« Margaret a donc déménagé dans le Devon. Retraite par l'exil ? »

Annabel hocha la tête. « Elle a dit qu'elle voulait faire pousser des pois de senteur et ne parler à personne pendant trois ans. Raisonnable. »

« Et Bea ? »

Annabel sourit. « Bea reste dans les Cotswolds pour l'instant. Écrire à nouveau. Ivy lui envoie des herbes séchées dans des sachets bruns non étiquetés et des notes manuscrites qui pourraient être soit des recettes, soit des avertissements codés. »

Evie gloussa. « Thérapeutique. »

« Potentiellement criminel, » a déclaré Annabel en versant du thé. « Mais très thérapeutique. »

***

Elle s'installa dans son fauteuil et jeta un coup d'œil vers la fenêtre, où le soleil frappait la digitale juste derrière le muret de pierre.

Oui, elle en avait planté une.

Une seule.

Et seulement à l'ombre profonde.

Evie leva un sourcil vers elle. « Tu sais, tu n'as pas cité un seul auteur pendant tout ce temps. »

Annabel cligna des yeux. « Ne l'ai-je pas fait ? »

Perséphone lui lança un regard critique.

Annabel sirota son thé.

« Très bien, s'il faut y remédier... ' *Avec le temps, nous haïssons ce que nous craignons souvent.*' »

Evie sourit. « Shakespeare ? »

Annabel hocha la tête. « Troïlus et Cressida. »

« Très maussade de ta part. »

« Je suis dans mon arc d'héroïne tragique.
Laisse-moi l'être. »

***

La cloche de l'église a sonné une fois.
Quelqu'un a taillé une haie avec trop
d'enthousiasme dans l'allée. Quelque part, les
abeilles ont continué à travailler comme si de
rien n'était.

Et au milieu de tout cela, Perséphone
clignait lentement des yeux – comme pour
dire : *jusqu'à la prochaine fois.*

Les secrets brillent. La vérité vole en éclats. Et à Little Firling, même les objets de famille portent rancune.

Meurtre sous le lustre de la salle de bal

Un mystère Little Firling - Livre trois

Belinda Chavremootoo

*« Dans le silence feutré des pages qui se tournent,
Perséphone sait où se cache la vérité.»*

Table des matières

Prologue

Little Firling n'avait jamais eu besoin d'aide pour garder des secrets.

Ils vivaient dans la pierre de l'ancien moulin, nichés sous des treillis de roses, nichés dans les seconds scones du pub du Lièvre et le limier. Et lorsque ces secrets devenaient trop lourds à porter, ils avaient tendance à se glisser – à travers des lettres égarées, des objets de famille oubliés ou une mort suspecte occasionnelle.

Pendant le peu de temps qu'elle y a vécu, Annabel Lennox Deighton, professeure de littérature à la retraite et récemment transplantée de Glasgow, avait déjà découvert plus de mystères que la plupart des villageois n'en ont vécus au cours de leur vie. Avec son esprit vif, un carnet bien usé et un chat qui refusait d'être laissé en dehors de quoi que ce soit, elle avait résolu une mort sur les falaises et découvert un trésor enfoui depuis longtemps.

Mais le passé ne reste jamais enfoui longtemps dans Little Firling.

Aujourd'hui, le printemps a apporté des fleurs, des festivités... et un gala qui se terminera par un fracas scintillant.

Parce que dans Little Firling, le meurtre fleurit quand personne ne regarde.

Et Perséphone est toujours à l'affût.

Chapitre 1

C'était le genre de soirée qui vous mettait au défi de cligner des yeux.

Des lanternes brillaient comme des étoiles suspendues au-dessus des jardins d'Everly House, et à l'intérieur, la salle de bal scintillait sous le poids de mille reflets. Miroirs dorés. Marbre poli. Paillettes. Ambition.

L'odeur des lys coupés se mêlait à la cire d'abeille et à quelque chose de légèrement métallique – l'odeur de l'argent, des secrets et des objets de famille qui s'étaient disputés à la cour. Des rideaux de velours étouffaient les rires et les commérages dans une sorte de silence conspirateur, comme si les murs eux-

mêmes étaient présents, écoutant
attentivement.

Les cordes jouaient doucement et
lentement – le genre de musique conçue pour
vous faire sentir riche, même si vous ne l'étiez
pas. Les lustres scintillaient comme s'ils étaient
dans un secret. Et le champagne ?
Incroyablement sec et impossible à tenir à
jeun.

Annabel Lennox Deighton sirota quand
même la sienne. Annabel avait déjà donné des
conférences sur la tragédie shakespearienne à
l'Université de Glasgow – une carrière
marquée par une analyse acérée, un esprit
pince-sans-rire et un surnom de professeur qui
se traduisait approximativement par « le
scalpel de velours ». La retraite n'avait pas

émoussé ses instincts. Au contraire, le vernis tranquille de Little Firling offrait une nouvelle scénographie à son esprit : des drames plus petits, des scénarios plus serrés, mais tout autant de sang sous la surface.

Elle se tenait près du bord de la salle de bal, un sourcil arqué vers une topiaire qui avait été façonnée, inexplicablement, en un cygne portant une perruque poudrée. Un clin d'œil au thème versaillais du gala, supposait-elle, bien qu'elle ait vu moins de perruques et plus de potins armés.

« Si c'est censé être Versailles, » murmura-t-elle, « ils ont pris des libertés créatives. »

« Chérie, » dit Evie Barnes, apparaissant à son coude, « ce sont des nobles. Les libertés créatives sont un mode de vie. »

Evie avait été élevée dans le village – ou plus précisément, sauvée par celui-ci. Sa tante, la regrettée Constance Caldwell, l'avait recueillie de l'orphelinat à l'âge de six ans et l'avait élevée au-dessus de la librairie du village avec une affection sévère et des livres de poche sans fin. Evie se rendait régulièrement à Surrey pour travailler comme journaliste, l'œil et la langue acérés, avant de rester au village d'une façon permanente après le décès de sa tante. Elle dirigeait maintenant la librairie – et un commentaire continu sur la vie du village – avec un humour pince-sans-rire qui masquait parfois sa méfiance. Elle ne s'est pas fait d'amis facilement. Annabel l'avait immédiatement reconnu. Et puis elle s'est faite l'exception.

Leur invitation était arrivée grâce à une combinaison de faveurs et d'horticulture – Annabel avait récemment aidé à recataloguer les archives d'Everly House pour une exposition sur l'héritage familial, et la Little Firling Garden Society avait contribué au thème flamboyant de l'événement. Il avait été conçu comme une vitrine communautaire. La famille Everly l'avait transformé en théâtre.

C'est ainsi que deux femmes intelligentes – et une chatte de Bombay très particulière – se sont retrouvées à boire du champagne sous un lustre tout en étant entourées de perruques poudrées, de faux accents français et de tensions sociales si épaisses qu'il fallait les couteaux à découper.

Perséphone, bien sûr, n'avait pas été invitée. Elle était simplement arrivée – comme elle le faisait toujours quand quelque chose de terrible était sur le point de se produire.

À présent, elle se prélassait près de la base de l'estrade, observant la pièce avec des yeux plissés et ce mépris particulièrement royal réservé aux suspects de meurtre et aux personnes qui utilisaient de la lavande synthétique.

Annabel n'avait pas pris le travail d'archives par ennui – pas tout à fait.

Tout avait commencé par une lettre polie de Lady Vera, un coup de pouce de la Garden Society, et peut-être un souvenir chuchoté de son défunt mari, Michael, s'attardant dans les coins de son ancien bureau.

Elle n'avait pas cherché de travail.

Mais après des décennies d'enseignement, son esprit continuait à faire les cents pas, comme s'il avait besoin de quelque chose à résoudre. L'invitation de Vera avait été accompagnée de flatteries et d'attentes voilées : « Vous êtes vive, Deighton. Vous voyez à travers les choses. J'en ai besoin.

Le travail n'avait pas payé, pas dans quoi que ce soit d'important.

Mais cela lui a donné les clés de la bibliothèque d'Everly.

Accès aux « tiroirs du patrimoine Everly » de Vera.

Et peut-être, juste peut-être, une dernière énigme qui vaut la peine d'être résolue.

Elle ne s'attendait pas à ce que ce puzzle soit accompagné de champagne, de perruques poudrées et d'un cadavre imminent.

C'est pourquoi, lorsque lady Vera Everly entra dans la pièce avec dix minutes de retard, toute de velours noir et de perles, flanquée de commérages et de dédain, Annabel l'observa très, très attentivement.

Elle en avait vu assez dans les archives d'Everly ces dernières semaines – des lettres éditées, des coins calcinés, une enveloppe curieusement non signée – pour savoir que Vera préparait quelque chose.

Et quand Lady Vera planifiait, les gens finissaient généralement par être furieux, déshérités, ou les deux.

Vera fit son orbite habituelle, déclina plusieurs toasts, fit un seul commentaire cinglant sur le choix de la broche d'une duchesse et s'installa sous le lustre dans une chaise que personne d'autre n'osait réclamer.

Elle leva son gin fizz.

Et puis elle s'arrêta de bouger.

***

Un jour plus tôt. Au salon d'Everly House tard dans la soirée.

Vera se tenait à la fenêtre, sa silhouette dessinée par la lueur du feu. Le verre de porto qu'elle tenait à la main tremblait, non pas à cause de l'âge, mais à cause de la décision.

Clarissa Fairmont entra sans frapper. Elle avait déjà joué Lady Macbeth à Stratford et n'était jamais tout à fait sortie de son personnage. Vera et elle avaient partagé une longue et épineuse amitié – mi-loyauté, mi-performance.

« Vous avez sonné comme un monarque. J'ai supposé que ce fût soit une trahison, soit du thé. »

Vera ne se retourna pas. « Tu es toujours là. »

« Je ne pars jamais avant que le rideau ne tombe. »

Une pause.

« Je suis en train de changer le testament, » a déclaré Vera.

Clarissa inspira brusquement mais garda sa voix froide. « À Juliette ? »

« À la justice. »

Elle se retourna, les yeux brillants comme des nuages d'orage.

« Tu as toujours voulu être sous les feux de la rampe, Clarissa. Mais tu n'as jamais voulu en porter le poids. »

La voix de Clarissa se brisa. « Tu fais ça parce que je t'aimais. »

« Non. Je fais cela parce que je m'aime enfin assez pour arrêter de me cacher. »

Vera s'approcha et posa une bourse de velours sur le manteau.

« Elles sont à toi. Pour l'instant. Garde-le en sécurité. »

Clarissa ne bougea pas.

« Et si ça se passe mal ? »

« C'est déjà le cas. »

***

Au début, cela ne ressemblait à rien du tout.

Juste Vera. Être immobile. Juger. Indifférent.

Mais les yeux d'Annabel étaient plus perçants que la plupart des autres. Et elle l'a vu.

La main qui ne tremblait pas. Le verre qui ne s'est pas incliné. Les perles — manquantes.

Evie fut la première à prendre la parole. « Annabel. »

« Je la vois. »

« Est-ce qu'elle… »

« Oui. »

Et c'est à ce moment-là que les cris ont commencé.

Perséphone se leva.

Queue haute. Oreilles en alerte.

Elle se tourna une fois, lentement, vers Annabel – et cligna des yeux.

Nous commençons.

Chapitre 2

La salle de bal s'était déplacée.

Les paillettes scintillaient encore ; Les cordes jouaient toujours, mais maintenant tout bougeait comme si c'était sous l'eau. Lentement. Nette. Comme si le meurtre s'était infiltré dans les murs et que personne ne voulait toucher à quoi que ce soit de trop fort.

Lady Vera était immobile sous un drap de lin impeccable, drapée à la hâte par un valet de pied horrifié. Sa boisson avait été retirée. Sa chaise ne l'avait pas fait.

Annabel se tenait à proximité, observant les ondulations.

Les gens chuchotaient. Geste. Évité de regarder directement le corps.

Ce n'était pas du chagrin. Pas vraiment. C'était quelque chose de plus fragile, de plus conscient de soi. Comme l'embarras face à la perturbation d'une soirée bien planifiée.

Clarissa Fairmont s'attardait près des portes-fenêtres – autrefois l'amie la plus proche de Vera, maintenant l'ombre fanée dans son miroir.

Une femme en tulle rose a failli laisser tomber son champagne. Un valet de pied l'a attrapé au milieu de l'automne, les yeux écarquillés.

« Plutôt de l'auto-préservation sociale, » murmura Annabel.

Evie lui tendit une flûte de champagne fraîche et haussa les épaules. « Duchesse morte à un bal de Versailles. Mors sur le nez, vraiment.

L'agent de police Tom Oakes était arrivé, troublé, en sueur et brandissant un bloc-notes comme s'il pouvait le défendre de la noblesse. L'agent Oakes avait été affecté à Little Firling il y a quelques années après un incident malheureux impliquant un cygne perdu et un vase antique cassé dans le Devon. Il recouvrait encore sa dignité.

Il s'approcha avec le sérieux gonflé de quelqu'un qui est bien au-delà de sa profondeur.

« Miss Deighton, » dit-il, essayant de faire autorité. — Si je pouvais vous demander votre discrétion…

« Bien sûr, » dit calmement Annabel, l'interrompant d'un sourire assez tranchant pour trancher un vol-au-vent. « Vous voudrez des noms, des mouvements, des points de tension ? »

Oakes cligna des yeux. — Eh bien, je suppose que oui…

« Elle était morte avant le dessert, » a poursuivi Annabel. « Sa posture n'a jamais changé. Et elle n'a pas touché une seule fois à son verre.

Elle lui tendit une serviette de cocktail avec des noms griffonnés en caractères élégants. « Commence par-là. »

Oakes le regarda comme s'il avait poussé des griffes. Hocha la tête bêtement. S'éloigna en traînant les pieds.

Evie sirota. « J'adore quand vous devenez professeur titulaire. »

Annabel scruta la foule, les yeux aiguisés.

Rafe Everly, le neveu – banquier d'affaires, fils aîné professionnel – se tenait près de l'orchestre, le visage tendu, la cravate de travers. Il ne regardait pas le corps. Il regardait l'avocat, M. Grantham – et quoi qu'ils disent, ce n'était pas des condoléances. M. Grantham, l'avocat de la famille, était chez les Everly depuis près de trois décennies – discret, précis et notoirement incorruptible. Du moins, c'est ce qu'il aimait dire.

« Rafe était furieux au dîner, » dit Annabel doucement. « Elle a porté un toast à Juliette à sa place. Ce n'était pas subtil.

« Ce n'était pas non plus une rebuffade lors du discours du fonds du patrimoine, » a ajouté Evie. « Elle l'a presque qualifié de non pertinent. »

« Peut-être a-t-il accepté. »

Seraphina May, la marchande d'art – toutes les pommettes et le charme soigné – qui a autrefois vendu un Rothko à une duchesse et un faux à son chien, si l'on en croit la rumeur – planait près de l'escalier, parlant doucement à deux clients de la galerie. Elle portait des paillettes comme une armure, et son sourire était d'une nuance trop éclatante.

Annabel inclina la tête. « Elle était la « consultante spéciale » de Vera, n'est-ce pas ?

Evie renifla. « Si vous voulez dire qu'elle a aidé à blanchir les émotions à travers des toiles sélectionnées, alors oui. »

Dans le coin le plus éloigné, Juliette Everly se tenait seule, la nièce de Vera, calme et élégante, longtemps présumée ornementale. Mais pas ce soir.

Les mains jointes. Expression illisible.

Elle n'avait pas pleuré.

Elle n'avait pas bougé.

Le regard d'Annabel s'attarda.

« Elle cache quelque chose. »

« Elle l'est toujours, » a répondu Evie.

« Mais cette fois, c'est peut-être son moment. »

Mme Gilchrist, la gouvernante d'Everly, les dépassa avec un plateau qu'elle n'avait pas besoin de tenir. Son visage était illisible. Sa colonne vertébrale était de qualité militaire.

« Son thé n'a jamais été empoisonné, » murmura Evie. « Mais si jamais c'est le cas, elle l'administrera elle-même. »

Et quelque part, se faufilant tranquillement entre les chevilles et les meubles, Perséphone se déplaçait comme de la fumée. Attentive. A l'écoute.

Ne pas diriger.

Pas encore.

Juste écouter. Elle absorba la pièce, un clignement des yeux à la fois.

Annabel tourna son regard vers le lustre.

« Aucun signe de lutte. Pas de boisson renversée. Les perles ont disparu. Et le testament aussi. »

Evie cligna des yeux. « Le testament ? »

Annabel sourit faiblement. « Oh, il y a toujours un testament, ma chère. »

Chapitre 3

Le salon avait été scellé, bien que le sceau consistât en une seule corde de velours et que L'agent Oakes avait l'air embarrassé.

Annabel enjamba les deux avec aisance, sa présence à la fois modeste et indéniable.

Evie l'a suivie, offrant à l'agent un hochement de tête qui suggérait qu'il devrait plutôt prendre des notes auprès d'elle.

La pièce sentait encore le vernis au citron et la tension. L'acajou brillait, des rideaux de velours étouffaient la lumière, et tout avait été arrangé de telle sorte que Vera pouvait encore l'emporter et le remettre en ordre elle-même.

Cela avait été son sanctuaire. Sa salle du trône. Là où les décisions étaient prises, les potins organisés, les menaces chuchotées avec une précision coupée.

C'était là que Vera avait tenu sa cour, fait des déclarations et détruit au moins trois mariages, dont deux avec seulement ses sourcils.

Et maintenant, c'était trop calme – le genre de calme qui vous faisait vous pencher, vous attendant à ce que quelque chose se brise.

Annabel se dirigea vers le bureau et commença à tirer – délicatement, précisément. Pas fouillant. Enquêtant.

« Cherche ce qui manque, » a-t-elle dit.

« Tu veux dire à part le gin pétillant et son pouls ? » Evie répondit en ouvrant un tiroir de l'armoire latérale.

Annabel lui adressa un sourire sec.

Il y avait quelque chose d'intime dans cette recherche – pas invasive, pas exactement. Mais c'était une sorte de deuil. Annabel a toujours cru que la façon dont une personne gardait son bureau était la biographie la plus véridique. Vera a raconté une histoire de contrôle, d'élégance et de peur méticuleuse d'être oubliée.

Les tiroirs étaient bien rangés – trop rangés. Une sorte de propreté qui touche un musée et qui suggérait la préparation, ou la dissimulation.

Elle se dirigea vers la bibliothèque.

Les titres ont été classés par genre, puis par auteur. Quelques volumes avaient été récemment perturbés. Un volume manquant a laissé un vide notable.

« Vera était exigeante, » murmura Annabel. « Elle ne voulait pas laisser d'espace. »

Evie la rejoignit, scrutant les étagères.

« C'est étrange, » murmura-t-elle. « Pas de rond de poussière là où se trouvait le livre manquant. »

Annabel hocha la tête. « Parce qu'il n'a pas été enlevé dans la panique. Quelqu'un savait qu'il le prenait – et avait prévu de ne laisser aucune trace. »

Perséphone sauta sur le banc du piano et fixa le mur en face de la cheminée.

Trois minutes plus tard, elle miaula.

Annabel se retourna, suivant le regard de la chatte.

Puis elle fronça les sourcils.

Elle s'avança, les doigts effleurant le panneau peint.

Evie la suivait avec curiosité.

Le panneau était subtilement entrouvert.

Derrière lui, un creux.

À l'intérieur, niché dans la poussière et le velours, une fine longueur de ruban de soie.

Annabel l'arracha et examina la faible empreinte sur le velours.

« Les perles étaient ici, » murmura-t-elle. « Récemment retiré. »

Evie s'agenouilla à côté du panneau. « Et quelqu'un est parti à la hâte. C'est une éraflure. »

Elle montra une faible marque dans le bois, à peine visible là où une chaussure avait traîné à la hâte.

Annabel rangea le ruban dans son carnet et jeta un coup d'œil au creux de velours vide.

« Pourquoi les cacher ici ? »

Evie haussa les épaules. « Pourquoi pas un coffre-fort ? »

« Elle voulait que quelqu'un les trouve. Mais pas n'importe qui. »

Elle toucha à nouveau l'intérieur du panneau. Le velours était usé lisse. Cela n'avait pas été caché récemment, mais cela avait déjà été utilisé auparavant.

Annabel se tourna vers Perséphone.

« Bien repéré. »

La chatte cligna des yeux une fois.

Un mouvement de sa queue.

Bien sûr.

Chapitre 4

Clarissa Fairmont n'avait pas quitté les lieux.

Ce qui était vraiment dommage, parce qu'elle avait l'air de quelqu'un qui pourrait avouer un meurtre juste pour le drame. Elle était vêtue de soie noire, avait réappliqué son rouge à lèvres avec une précision théâtrale et faisait la cour dans la bibliothèque Everly avec trois invités qui n'avaient pas encore réalisé que le gala était définitivement terminé.

Quand Annabel entra, Clarissa eut un petit sourire amusé, comme si elles étaient sur le point de se lancer dans une interview pour les pages mondaines plutôt que dans une enquête informelle sur un meurtre.

« Je suppose que vous êtes venue me poser des questions inconfortables, » dit-elle en repliant élégamment les jambes.

« Oui, » a répondu Annabel. « Mais j'imagine que vous êtes plus susceptible de proposer quelque chose d'inutile. »

Clarissa éclata de rire, ravie.

« Vous savez, je vous ai toujours aimé, Deighton. Vous êtes la seule à ne pas faire semblant de me trouver mystérieuse. »

« L'opinion que vous avez de moi est inversement proportionnelle à votre position auprès de Vera. »

Le sourire de Clarissa se figca pendant une demi-seconde. C'était un bon gel – presque imperceptible – mais il était là.

« Je ne l'ai pas tuée. »

« Non, » acquiesça Annabel. « Mais vous savez peut-être qui le voulait. »

Clarissa se laissa tomber sur une chaise avec la grâce théâtrale de quelqu'un qui auditionne pour un rôle que personne n'avait écrit.

« Elle a changé le testament, » a-t-elle dit avec une fioriture. « Ou était sur le point de le faire. »

Annabel inclina légèrement la tête.

« Elle vous l'a dit ? »

« Elle l'a dit à tout le monde, à sa manière. Ce petit discours sur les nouveaux départs. C'était un avertissement enveloppé dans un toast. Et Juliette avait l'air d'avoir le mal de mer. »

« À qui a-t-elle été prévenue ? »

Clarissa lui lança un long regard pensif.

« Tous ceux qui dépendaient d'elle. Financièrement. Socialement. Émotionnellement. »

Annabel se pencha en avant.

« Et qu'étiez-vous, Clarissa ? »

Les yeux de Clarissa brillèrent.

« Remplaçable. »

Une pause.

Puis, sans cérémonie, Perséphone sauta sur ses genoux.

Clarissa baissa les yeux vers la chatte, surprise. « Même toi, ma chérie ? »

Perséphone cligna lentement des yeux.

De jugement.

Clarissa soupira.

« Elle a dit qu'elle était en train de renouer avec le passé. Mettre de l'ordre dans son héritage. Cela lui faisait peur, mais elle était déterminée. »

Annabel l'observa attentivement.

« Et les perles ? »

Clarissa hésita.

« Elle les avait. Ils ont dit qu'elles appartenaient à la matriarche d'Everly – quelque chose sur la justice et la honte. Elle n'en a pas dit plus. »

« Et maintenant, elles ont disparu. »

Clarissa détourna le regard.

« Elle ne les aurait pas égarées. »

« Non, » dit Annabel en se levant. « Mais elle aurait pu leur tendre un piège. »

Chapitre 5

Juliet Everly n'était pas facile à coincer.

Mais Annabel avait passé sa carrière à cajoler les révélations d'étudiants qui pensaient que le silence était une armure. Et Juliette, avec ses épaules raides et son regard lointain, n'était qu'une autre âme qui essayait de ne pas saigner.

Annabel l'a trouvée dans le jardin d'hiver, debout parmi les orchidées et le clair de lune. L'air sentait faiblement le jasmin, bien que quelque chose de métallique s'attardât en dessous — un rappel que quelque part à proximité, la maison portait encore l'odeur de la mort.

Juliette ne se retourna pas quand Annabel entra.

« Magnifiques, n'est-ce pas ? » Dit Annabel en s'avançant tranquillement à côté d'elle.

La voix de Juliette était plate. « Elles sont capricieuses. »

« Vera aussi. »

Les mains de Juliette étaient jointes derrière son dos, blanches aux jointures.

« Elle a dit qu'elle était fatiguée des jeux. Qu'elle voulait remettre les choses en ordre. »

« A-t-elle dit ce que cela voulait dire ? »

« Elle a dit que Rafe comprendrait. »

« L'a-t-il fait ? »

« Elle n'a pas eu l'occasion de le lui dire. »

Annabel attendit.

Juliette se retourna légèrement, le visage pâle et posé.

« Elle m'a dit qu'elle voulait me donner la galerie. Officiellement. Soutenu par des fonds en fiducie et l'acte de propriété de l'aile est. »

« C'est généreux. »

« Elle a dit que c'était en retard. »

« Rafe était-il au courant ? »

Les lèvres de Juliette se contractèrent en un sourire crispé.

« Il est toujours au courant. »

Annabel la regarda attentivement.

« Elle allait vous nommer son héritière. »

Le sang-froid de Juliette se brisa – un bref tremblement aux coins de sa bouche.

« Je ne le voulais pas. Pas vraiment. Mais je ne voulais pas que Hale l'obtienne non plus. »

Annabel se tut.

« Hale ? »

« Elle ne l'a jamais dit directement. Mais elle n'arrêtait pas de faire allusion à quelqu'un – quelqu'un avec une longue portée. Quelqu'un qui pourrait tout défaire d'un murmure. »

« Rupert Hale, » dit Annabel doucement.

Juliette hocha la tête.

« Elle a dit qu'elle était prête à arrêter d'avoir peur. »

« Et puis elle est morte. »

Juliette baissa les yeux.

« Il y avait un homme au gala que je n'ai pas reconnu. Il était déguisé en traiteur. Il a renversé du champagne sur elle pendant le toast. »

Le pouls d'Annabel s'accéléra.

« Elle a réagi ? »

« Elle l'a regardé comme si elle avait vu un fantôme. Elle n'a rien dit. Juste… regardé. »

« L'avez-vous dit à quelqu'un ? »

« Je pensais que ce n'était rien. »

La voix d'Annabel s'adoucit. « Et maintenant ? »

Juliette rencontra enfin son regard.

« Maintenant, je pense que c'était tout. »

Chapitre 6

Les jardins derrière Everly House s'étaient vidés, bien que les lanternes brûlassent toujours, comme si elles hésitaient à admettre que la fête était terminée.

Annabel marchait lentement le long du sentier entre les rosiers, Perséphone trottant en avant avec la confiance silencieuse d'une reine inspectant son royaume.

Evie la rejoignit, portant deux tasses de thé tièdes et une nouvelle rumeur sur le second mari de la duchesse et une caisse de champagne manquante.

« Je vous jure, cet endroit fait scandale comme d'autres villes cultivent des tomates. »

Annabel accepta le thé et fit un signe de tête à Perséphone, qui s'était arrêtée sous l'ancien cadran solaire près de la bordure herbacée.

Elle fixait la base, la queue tremblante.

« On dirait que nous avons quelque chose, » a dit Annabel.

Evie regarda de plus près.

« Un indice ou un campagnol ? »

Annabel s'accroupit et passa ses doigts le long du bord de la base en pierre du cadran solaire. Il vacilla légèrement.

Evie la rejoignit et, ensemble, elles le mirent de côté.

En dessous, une cavité creuse.

À l'intérieur, une petite pochette de velours et une note pliée, jaunie par le temps.

Annabel ouvrit la note avec précaution.

C'était écrit de la main de Vera. Tranchant, anguleux, délibéré.

Un diagramme. Un arbre généalogique. Noms encerclés. Et en dessous, une ligne en majuscules :

« L'ANNEAU ET LA CLÉ. »

Evie ouvrit le sachet.

À l'intérieur : une chevalière portant l'écusson d'Everly. Et une petite clé en fer, délicate et ancienne.

« Une clé pour quoi ? » murmura Evie.

Annabel se leva lentement.

« Quelque chose que Vera ne voulait pas que Hale trouve. »

Evie pâlit. « Donc, c'est vrai. Elle allait le dénoncer. »

Annabel hocha la tête. « Elle a laissé des miettes de pain. C'est l'un d'entre eux. »

Perséphone frôla la jambe d'Annabel en ronronnant faiblement.

« Elle savait toujours où regarder, » a déclaré Annabel.

« Des chats ou Vera ? »

« Les deux. »

Evie empocha la clé.

Annabel replia le billet.

Et quelque part, au-delà des haies, le vent tournait – comme si le jardin lui-même expirait.

***

Le pub Lièvre et le limier sentait les scones à la cannelle, le vernis à bois et la suffisance le matin après le gala.

Annabel et Evie se glissèrent dans leur cabine habituelle près de la fenêtre, où la lumière attrapait les taches dans la fourrure de Perséphone alors qu'elle était perchée sur le dossier, dédaigneuse du bavardage du village, mais certainement à l'écoute.

« Je le donne jusqu'au bout de la théière, » marmonna Evie, « avant que quelqu'un ne lâche avec désinvolture une théorie de meurtre. »

Elle avait tort.

Il a fallu exactement *trois* gorgées de thé.

« Ce lustre n'a jamais été correctement boulonné, » a déclaré Mme Elspeth Muir, d'une voix étouffée mais théâtrale. « J'ai dit à mon Harold quand ils l'ont accroché : 'Cette chose est un souhait de mort dans des cristaux.' »

« Il n'est pas tombé, Elspeth, » dit M. Dunning à la cheminée. « Elle a été empoisonnée. Je l'ai vue devenir bleue. »

« Les perles étaient maudites, » marmonna quelqu'un derrière le présentoir à scones.

Annabel sirota son thé sans lever les yeux. « Ils ont déjà réussi à comprendre la théorie de la malédiction. Impressionnant. »

Evie se pencha. « Dix pence, dit que nous avons une rumeur de fantôme avant le projet de loi. »

Dans le coin, la jeune Maisie Fry, qui rentrait de l'université et qui était armée d'une nouvelle frange et d'une mineure en criminologie, a lancé : « J'ai entendu dire que Juliette allait tout hériter. Et Rafe était *furieux*. Il a renversé toute une tour de brandy ! »

« Elle n'a pas tort, » murmura Evie. « La fontaine de brandy *a été* une victime. »

Mme Potts, la femme du boulanger, a passé la tête à l'intérieur. « Et n'oubliez pas le garçon traiteur. Pas l'un des nôtres. Étranger. Il a dit qu'il avait « oublié » le caviar. Suspect, ça. »

« C'est probablement Hale qui le fait, » dit quelqu'un d'un ton menaçant.

Perséphone agita la queue.

Les yeux d'Annabel scrutèrent la pièce. Le village avait absorbé le scandale comme il le faisait en toutes choses – à travers des miettes, des pastilles contre la toux et un appétit à peine réprimé pour les bêtises.

« Vous pensez qu'ils vont le résoudre pour nous ? » a demandé Evie.

« Non, » a répondu Annabel en se levant. « Mais ils pourraient effrayer le tueur pour qu'il se précipite. »

Chapitre 7

Ginny Pearce avait pleuré.

Pas le genre sauvage et gémissant, mais le genre calme et débordant qui rendait ses yeux rouges et sa voix filiforme. Elle s'assit sur un banc bas près du couloir arrière, tordant un mouchoir en spirales humides.

Annabel s'approcha lentement, avec Evie juste derrière, tenant un sac en papier qui contenait, inexplicablement, trois scones et un thermos de thé à la menthe à moitié vide.

« Ginny, » dit doucement Annabel.

La jeune fille leva les yeux, surprise. « Mademoiselle Deighton. »

« Vous connaissiez bien lady Vera ? »

Ginny hocha la tête en s'essuyant le nez.

« Elle était... compliqué. Mais gentil. Elle a payé mes cours du soir. Il a dit que j'avais mieux à faire que de polir l'argent.

« S'est-elle confiée à toi ? »

Ginny hésita.

« Elle était tendue, ces derniers temps. Elle a dit que les gens la regardaient. Qu'elle ne se sentait pas en sécurité.

« A-t-elle dit qui ? »

« Non. Juste... Elle a regardé par-dessus son épaule plus que d'habitude. »

Evie lui tendit le thermos.

« Elle a mentionné Rupert Hale ? »

Ginny cligna des yeux. « Une seule fois. Elle a dit qu'il avait pris ce qui ne lui appartenait pas et qu'il l'avait appelé charité. »

Annabel échangea un regard avec Evie.

« Vous a-t-elle donné quelque chose ? »

Ginny se mordit la lèvre.

« Elle m'a donné une lettre. J'ai dit que si quelque chose lui arrivait, je devrais le poster. Mais je… Je l'ai perdue. »

Evie se crispa. « Vous avez perdu une confession sur le lit d'une morte ? »

Ginny secoua rapidement la tête et fouilla dans son sac à main.

D'une poche latérale, elle sortit une petite enveloppe.

« Je ne l'ai jamais postée. Je n'arrivais pas à décider si c'était réel ou juste... une de ses humeurs. »

Annabel prit doucement l'enveloppe.

Abordé dans le script en boucle de Vera :

M. R.L. Grantham — Privé et confidentiel

Descellée.

A l'intérieur : une deuxième note. Plus longue. Tapée. Signée à l'encre.

Annabel l'effleura. Puis la relis, plus lentement.

Son expression se durcit.

« Elle nomma Hale. Les perles. Les faux. Dit qu'elle était prête à se présenter à la justice. »

Ginny avait l'air misérable.

« Je suis désolée. Je ne savais pas que cela avait de l'importance. »

Annabel plia le billet.

« C'est important maintenant. »

Chapitre 8

Clarissa Fairmont faisait ses bagages.

Pas pressée, pas paniquée – mais avec une sorte de grâce fatiguée, comme si partir avait toujours été le plan, et qu'elle n'attendait que le bon signal. Sa valise de voyage, monogrammée et usée, était ouverte sur la chaise longue. Des foulards en soie, des livres reliés en cuir et un curieux masque d'opéra étaient déjà rangés à l'intérieur.

Annabel entra dans la pièce sans frapper.

« Vous ne me frappez pas comme quelqu'un qui fuit. »

Clarissa ne leva pas les yeux. « Je ne fuis pas. Je me repositionne. »

Evie s'appuya contre le cadre de la porte. « C'est cependant un moment opportun. »

Clarissa soupira et se tourna vers eux. Ses yeux étaient plus clairs qu'auparavant. Plus triste aussi.

« Elle m'a demandé de tenir les perles. »

Cela a attiré toute l'attention d'Annabel.

« Elle vous a fait confiance ? »

Clarissa eut un sourire triste. « J'étais la distraction. Elle voulait que quelqu'un d'évident prenne la chute si les choses tournaient mal. »

« Ont-elles tourné mal ? »

« J'ai laissé ma pochette sur le buffet lors du troisième toast. Quand je suis rentrée, elle était ouverte. Les perles avaient disparu. »

« Qui savait que vous les aviez ? »

Clarissa haussa les épaules. « N'importe qui regardait de près. »

Evie fronça les sourcils. « Et qu'a-t-elle dit quand vous le lui avez dit ? »

Le sourire de Clarissa s'estompa.

« Je n'en ai jamais eu l'occasion. »

Annabel s'approcha.

« Elle avait l'intention de nommer Juliette son héritière. Le schéma dans le creux du jardin le confirme. »

Clarissa hocha la tête. « Elle pensait que Juliette avait du cran. Elle a dit qu'elle était fatiguée des hommes qui prenaient le silence pour de la force. »

« Et tu as omis ce schéma, » dit doucement Annabel. « Où n'importe qui pouvait le trouver. »

Clarissa se raidit. « Je pensais que cela la pousserait à jouer. Je ne voulais pas... »

« Mais quelqu'un d'autre a agi en premier. »

Perséphone se glissa dans la pièce, les pattes silencieuses sur le tapis.

Elle sauta sur le rebord de la fenêtre, enroula sa queue autour de ses pieds et regarda Clarissa.

Pas avec mépris.

Avec pitié.

Clarissa s'assit lentement.

« Je voulais juste qu'elle tienne ses promesses. »

« Elle l'a fait, » a déclaré Annabel. « À la fin. Mais maintenant, c'est à nous de terminer ce qu'elle a commencé.

Clarissa croisa son regard.

Et hocha la tête.

***

Les humains étaient bruyants.

Ils l'étaient toujours quand l'un d'eux cessait de respirer. Les voix craquaient, les tasses cliquetaient, les chaussures grinçaient. Ils remplissaient l'air d'absurdités – de peur, de culpabilité, de théories – rien de tout cela n'était utile.

Perséphone se déplaçait comme de la fumée.

Sous les chaises, le champagne renversé, sur le marbre qui portait encore l'écho des derniers pas de lady Vera.

Elle s'arrêta au pied de l'estrade.

Renifla.

De la poussière, du gin, de la lavande et…

Sang ? Non. Pas frais. Plus vieux. Faible. De derrière les lambris.

Elle donna un coup de queue une fois.

Tourna.

À travers la salle de bal, au-delà des pieds effrayés d'un agent de police qui sentait les miettes de biscuits et le désespoir.

La bibliothèque était plus fraîche.

Calme.

Elle sauta silencieusement sur le buffet et fixa la cheminée. C'était encore là. L'odeur de la soie et de la trahison. La faible trace du parfum de Clarissa se mêlait à la culpabilité.

Mais aucun danger.

Pas *encore*.

Elle rôda jusqu'au banc du piano. S'assis. Attendu.

Ça viendrait. C'était toujours le cas.

Perséphone n'a pas résolu les meurtres.

Elle a simplement regardé jusqu'à ce que la vérité apparaisse.

Et puis elle a cligné des yeux.

Une fois.

Lentement.

Le signal.

Laissez-les plus intelligents le découvrir.

Chapitre 9

Le banc du piano grinça quand Annabel souleva le couvercle.

À l'intérieur : des partitions de musique – principalement de Debussy et de Chopin – une petite pochette en tissu et quelque chose étroitement enveloppé de velours bleu marine.

La faible odeur du vieux parfum et du vernis s'éleva comme un fantôme.

Evie l'attrapa mais s'arrêta, regardant Annabel.

« Déballons-nous les objets maudits avant ou après le déjeuner ? »

Annabel sourit faiblement et déplia le tissu.

Un boîtier en argent reposait à l'intérieur. Rectangulaire, gravé de l'écusson d'Everly, et assez vieux pour bourdonner de secrets.

Le métal était froid. Lourd. Le genre d'objet dont on se souvenait qu'on passait de main en main dans des pièces feutrées.

Evie leva un sourcil. « La collection privée de Vera ? »

« Voyons voir. »

Annabel ouvrit l'affaire.

À l'intérieur : microfilm.

Evie se pencha. « Maintenant, nous sommes entrés dans la guerre froide. »

Annabel souleva soigneusement la bobine et la tint à la lumière.

« Les étiquettes correspondent aux évaluations immobilières d'Everly. Il s'agit d'évaluations, dont certaines ont été modifiées. D'autres ont été falsifiées.

Evie expira. « Donc, elle avait vraiment des preuves. »

Annabel hocha lentement la tête. « Et elle avait commencé à les rassembler. Méthodiquement. Délibérément.

Son pouls s'est accéléré. Vera n'avait pas seulement été amère, elle s'était *préparée*. Ce n'était pas de la paranoïa. C'était une assurance.

Elle plongea de nouveau la main vers le banc du piano et en retira une note – une deuxième, soigneusement pliée sous le velours.

C'était court. Une phrase, écrite à la main :

« *Il a pris ce qui m'appartenait. Je vais reprendre ce qui a été volé.*

Evie fronça les sourcils.

« Faisait-elle allusion à Hale ? »

Annabel resta silencieuse un moment.

La note semblait plus froide que l'affaire. Finale. Comme si elle avait été écrite par quelqu'un qui avait déjà mis les dominos en mouvement.

« Elle devait savoir qu'il se vengerait. »

« Alors pourquoi le faire ? »

« Elle était fatiguée. D'être manipulée. De regarder sa famille être utilisée. »

Annabel leva les yeux.

« Elle se préparait à se battre. »

Un bruit derrière eux les fit se retourner.

L'agent Oakes est apparu à la porte, une tache de sucre pâtissier sur sa manche et une expression très nerveuse sur son visage.

« Miss Deighton ? »

« Oui ? »

« Il y a quelqu'un qui vous demande. Il dit qu'il faisait partie de l'équipe de restauration hier soir. »

Les yeux d'Annabel se plissèrent.

« Avez-vous un nom ? »

Oakes vérifia son bloc-notes.

« Liam. Liam Harrow. »

Evie se redressa.

« Eh bien, bien. Allons à la rencontre du renverseur de champagne. »

Chapitre 10

Liam Harrow ressemblait exactement à quelqu'un qui voulait disparaître – mince, pâle et vêtu d'une veste d'une taille trop grande pour son corps. Ses mains se tordaient sur ses genoux et ses yeux se dirigeaient vers chaque fenêtre comme si elles étaient des voies d'évacuation.

L'air dans le salon était calme, mais tendu – comme si la pièce s'était arrêtée pour écouter. Des particules de poussière tourbillonnaient dans la lumière de l'après-midi, ignorant complètement le drame.

Annabel l'étudia de l'autre côté de la pièce.

« Vous étiez au gala. »

Liam hocha la tête.

« J'étais avec l'équipe de restauration. Plume Events. »

Evie fronça les sourcils. « Nous avons vérifié – ils n'existent pas. »

« Ils ne le sont pas, » a rapidement dit Liam. » Je veux dire, ils le sont. Mais pas légalement. On m'a pris dans une camionnette avec un autocollant collé dessus. Pas de pièce d'identité, pas de noms. »

Annabel se pencha en avant.

« Vous avez renversé quelque chose sur Lady Vera. »

Liam déglutit.

« Elle m'a frôlé. Je ne voulais pas. Elle… Elle s'est figée. Elle m'a regardé comme si je l'avais poignardée. »

« A-t-elle dit quelque chose ? »

« Elle a dit 'Vous'. Rien que ça. Et puis elle s'est détournée. »

Sa voix tremblait à ce mot. Pas de manière théâtrale, juste assez pour fendre l'air.

Evie croisa les bras.

« Qui t'a embauché ? »

« Je ne sais pas. J'ai reçu un SMS. Il a dit que c'était un travail privé. Payé le double en espèces. Les instructions étaient minimales. Portez du noir. Servez des boissons. Taisez-vous. »

Annabel inclina la tête.

« Quelqu'un d'autre a-t-il interagi avec vous ? »

« Un homme en manteau sombre m'a rencontré à la camionnette. Il m'a donné l'uniforme. Il a dit que je ne devais pas parler à moins qu'on ne me le dise. C'est tout. »

La voix d'Evie baissa.

« Vous savez qui l'a envoyé. »

« Je pense que oui. »

Annabel lui jeta un long regard.

« Rupert Hale. »

Liam tressaillit.

« Je ne le connais pas. Je jure. Mais les gens parlent. Et l'homme que j'ai vu à l'arrière de la maison quand je suis parti ? C'était lui qui regardait. »

Le nom était resté dans la pièce comme une ombre qui refusait de partir.

Annabel jeta un coup d'œil à Evie.

« Il règle les derniers détails. »

Evie fit un pas en avant.

« Vous avez eu de la chance, Vera n'a pas crié. Vous seriez le corps, pas elle. »

Liam avait l'air de pleurer.

« Je ne lui ai pas fait de mal. Je n'ai même pas su qui elle était jusqu'au lendemain matin. S'il vous plaît, je n'ai rien fait. »

Annabel hocha la tête.

« Mais vous étiez un message. »

Liam enfouit son visage dans ses mains.

Et dehors, dans le couloir, Perséphone était assise à côté de la porte.

En attente.

Écoutant.

Comme toujours.

Chapitre 11

La suite de la galerie de Seraphina May était aussi spectaculaire que sa réputation - toutes les poutres apparentes, l'éclairage tamisé et les murs de peintures minimalistes qui coûtent plus cher qu'une maison de vacances moyenne.

Elle salua Annabel et Evie dans une robe de soie de minuit, un fume-cigarette dans une main, un dédain dans l'autre.

« Je suppose que vous n'êtes pas ici pour naviguer, » a-t-elle dit en glissant vers eux.

« Non, » a répondu Annabel. « Nous sommes ici pour parler de Vera. Et les évaluations falsifiées. »

La mâchoire de Seraphina se crispa – juste un scintillement.

« Je ne fais pas de faux. »

« Mais vous faites des acquisitions, » a déclaré Evie. « Et beaucoup de ces pièces sont passées par les canaux Everly. »

Séraphine sourit légèrement.

« Lady Vera était... éclectique dans ses goûts. Elle aimait le danger avec son art. »

Annabel s'approcha.

« Elle vous a fait confiance. Elle vous a nommé comme son conseiller artistique. C'est plus que du goût. »

Séraphine soupira et éteignit sa cigarette.

« Elle savait. À propos des pièces. Certains étaient propres. D'autres... moins. »

« Qui a poussé celles qui n'étaient pas propres ? »

Séraphine hésita.

« Hale. Il possède une partie de la galerie londonienne. Commanditaire. Introuvable. »

« Et Vera l'a découvert ? »

« Elle l'a découvert il y a des années. Mais elle est restée silencieuse. Jusqu'à récemment. Elle a dit qu'elle voulait que son héritage soit propre. »

Annabel hocha lentement la tête.

« Elle a laissé des preuves. »

Les yeux de Seraphina s'écarquillèrent.

« Le microfilm. »

« Elle l'a caché dans le banc du piano. Avec une note. Elle avait prévu de tout exposer. »

Le visage de Seraphina se froissa légèrement.

« Elle a dit que cela me détruirait. Et sauvera Juliette. »

Evie s'avança.

« Et les perles ? »

« Je ne les ai jamais vues. Mais elle a parlé d'eux. Ils ont dit qu'ils étaient la clé pour réaliser quelque chose de plus profond. L'honneur de la famille. Culpabilité. Justice. »

« Elle a appâté le piège, » murmura Annabel.

« Et quelqu'un l'a pris. »

Perséphone entra dans la pièce.

Séraphine baissa les yeux vers elle.

« Elle ne m'a jamais aimé. »

Perséphone cligna des yeux.

Puis, lentement, elle a sauté sur le rebord de la fenêtre – et s'est recroquevillée.

Observant avec ce désintérêt particulier que seuls les chats – et les très vieilles âmes – peuvent gérer.

Chapitre 12

M. Grantham, l'avocat de la famille, était assis raide dans le bureau des Everlys, la colonne vertébrale parfaitement droite, les mains croisées sur une pile de dossiers en papier manille. Il avait l'air d'un homme qui avait passé sa vie à ranger des secrets en colonnes bien rangées – et qui venait de découvrir que l'un d'entre eux avait disparu.

Le bureau sentait les vieux livres et les silences réservés. La lumière du soleil se glissait sur le bord du tapis comme s'il n'était pas sûr que ce soit autorisé.

Annabel posa l'enveloppe de Vera sur le bureau devant lui.

Grantham le regarda fixement.

« Elle a dit qu'elle vous le donnerait. Au cas où quelque chose lui arriverait. »

Il l'ouvrit lentement, lisant en silence. Son visage n'a pas changé, mais quelque chose dans ses épaules est tombé.

« Elle savait, » a-t-il finalement dit. « À propos de Hale. À propos des faux. À propos du testament. »

« Elle vous a dit qu'elle faisait des changements ? »

« Elle a dit qu'elle examinait tout. Rafe. Juliette. La galerie. »

« A-t-elle désigné Juliette comme héritière ? »

Grantham hocha la tête. « Officieusement. Les documents officiels n'ont pas été signés. Mais l'intention était claire. »

Evie s'avança. « Et Hale ? »

Grantham ferma l'enveloppe et la mit de côté.

« Il tourne autour d'Everly House depuis des années. Achat de terres. Faire pression sur les institutions. Il voulait une participation majoritaire dans le domaine. »

« Pourquoi Vera ne l'a-t-elle pas arrêté plus tôt ? »

« Elle avait peur. »

Il l'a dit sans amertume. Juste un fait. Le genre de vérité qui était restée tranquillement dans ses coins pendant des années.

Le regard d'Annabel s'aiguisa.

« Mais elle n'avait plus peur. Pas quand elle a caché les perles. Le microfilm. L'anneau et la clé. »

Grantham cligna des yeux.

« La clé ? »

Annabel le sortit de sa poche, à côté de la chevalière Everly.

Grantham pâlit.

Son sang-froid s'est effondré – pas un effondrement, juste un effilochage au bord. Ses mains se resserrèrent brièvement, ses jointures blanchissaient.

« Cette clé déverrouille la malle dans mon coffre-fort. »

« Et qu'y a-t-il à l'intérieur ? »

« Actes originaux. Preuve que les propriétés de Vera ont été acquises avant l'influence de Hale. Un grand livre. Et... une lettre. »

La voix d'Annabel était basse.

« Une confession ? »

« Un nom. Elle écrit que Hale était derrière la mort dans les falaises. »

Evie prit une respiration vive.

« C'était le premier cas, » murmura-t-elle. « Votre première affaire. »

Annabel hocha la tête.

« Et nous n'avons jamais eu de preuve. »

Grantham regarda de l'anneau à la clé.

« Vous le savez maintenant. »

Dehors, une brise se déplaçait dans le couloir – et pendant un instant, on eut l'impression que la maison expirait.

Chapitre 13

Le jardin était exceptionnellement calme pour midi.

Même les abeilles semblaient révérencieuses. Des ombres tachetées le chemin de pierre comme de la dentelle, et l'air sentait faiblement la lavande, la terre et le passé.

Juliette était assise sur un banc de pierre sous la glycine, sa posture aussi élégante que jamais, mais son regard lointain. Une tasse de thé reposait à côté d'elle, intacte. Les perles de ses boucles d'oreilles captaient la lumière du soleil en minuscules éclairs tremblants.

Annabel s'approcha lentement.

« Elle voulait que vous ayez tout, » a-t-elle dit.

Juliette ne se retourna pas. « Elle voulait trop de choses. Héritage. Paix. La vengeance. »

« Elle nous a donné les outils. »

Juliette finit par la regarder.

« Mais pas le courage. »

« Elle pensait que vous l'aviez. »

Juliette eut un rire creux.

« Elle pensait aussi que j'épouserais un baron et que je me mettrais à l'aquarelle. »

Evie apparut, tenant une boîte rembourrée. Elle l'ouvrit sans cérémonie.

À l'intérieur : les perles.

Ils ne brillaient pas, ils brillaient. Doucement. Comme un clair de lune accumulé dans la soie.

Juliette les regarda fixement.

« Elle les avait encore ? »

« Elle les a déplacés. Elle les a cachées à nouveau. Probablement le matin du gala. Elle tendait un piège. »

« Pour Hale ? »

Annabel hocha la tête. « Et pour quiconque pourrait essayer de l'arrêter. »

Les yeux de Juliette se remplirent – non pas de larmes, mais d'une émotion plus vive. Culpabilité. Chagrin. Détermination.

« Elle a dit qu'elle en avait assez d'avoir peur. »

« Elle le pensait vraiment, » a déclaré Annabel.

Perséphone s'avança dans le sentier, sa fourrure noire ne prenant pas la poussière, ses pas étant totalement silencieux. Elle s'arrêta près du banc et cligna des yeux vers Juliette.

Juliette a tendu la main – lentement – et le chat a autorisé une seule caresse.

« Elle était toujours en train de regarder, » murmura Juliette.

« Elle l'est toujours, » a déclaré Annabel. « Mais maintenant, c'est votre tour. »

Juliette sortit les perles de la boîte.

Elles semblaient froides. Grave. Une vérité qui s'est creusée à la gorge.

« Elles appartiennent à la maison. »

Annabel hocha la tête.

« Et vous êtes la maison maintenant. »

Au-dessus d'eux, un pétale s'est détaché de la vigne de glycine. Il atterrit silencieusement sur l'épaule de Juliette. Elle ne l'a pas balayé d'un revers de main.

Chapitre 14

Clarissa Fairmont buvait du porto dans la salle nord de la galerie, assise sous un portrait d'un ancêtre d'Everly mort depuis longtemps, avec trop de médailles et pas assez de menton. Elle avait l'air plus petite que d'habitude. Ou peut-être simplement plus âgée.

La pièce était froide – pas à cause de la température, mais de l'histoire. Même les chaises en velours avaient l'air de porter un jugement.

Annabel prit la chaise en face d'elle.

« Vous auriez pu le lui dire. »

Clarissa ne broncha pas. « Je l'ai fait. Elle n'a tout simplement pas écouté. »

« Vous avez laissé le diagramme à un endroit où quelqu'un pouvait le trouver. »

« Je pensais que ça lui ferait peur. La forcer à agir.

« C'est le cas, » a déclaré Annabel. « Mais pas de la manière dont vous vous y attendiez. »

Clarissa soupira.

« Elle a changé d'avis. À propos de Juliette. À propos de tout. Il a dit que j'avais eu mon temps.

« Elle avait raison. »

« Je sais. »

Evie entra tranquillement, portant une enveloppe scellée.

« Nous l'avons trouvé dans sa commode. Il vous était adressé. »

Clarissa prit son temps.

Elle l'a ouverte.

À l'intérieur : une lettre. Pas de fioritures. Pas d'adieu. Une seule phrase, écrite de la main acérée et oblique de Vera.

« Tu n'as jamais été deuxième, j'attendais juste plus de toi. »

Le souffle de Clarissa s'arrêta. Pas fort. Juste assez pour fendre l'air autour d'elle. Elle toucha le bord du papier comme s'il allait se meurtrir.

« Je l'aimais, » a-t-elle dit.

« Je sais. »

« Elle n'aimait personne. »

Annabel inclina la tête.

« Elle adorait Little Firling. À sa manière. Elle adorait le nom. La maison. La performance de l'héritage. »

Clarissa eut un sourire amer. » Et vous. Elle vous admirait. »

« Elle admirait tous ceux qui lui disaient la vérité. »

Clarissa plia la lettre et la glissa dans sa poche.

« Et maintenant ? »

« Vous nous aidez à terminer ce qu'elle a commencé. »

« Faire tomber Hale ? »

Annabel hocha la tête.

« Vous êtes un témoin. Une voix. Un lien avec son passé. »

Clarissa se leva lentement.

Elle avait l'air plus grande maintenant, pas plus fière, mais moins effrayée de s'estomper.

« J'ai toujours voulu un rôle. »

Evie sourit.

« Vous en avez un. »

Chapitre 15

Tout s'est mis en place plus rapidement que prévu.

Rafe, autrefois peu coopératif, lui donnait maintenant accès à des dossiers financiers – partiels, expurgés, mais révélateurs. Les contrats de restauration ont été retracés à une branche inexistante de Plume Events. La camionnette de restauration avait des plaques périmées. Le chauffeur, Liam, a identifié l'homme qui l'avait payé en espèces comme étant « pas le vrai nom de l'homme, mais ses yeux étaient froids ».

Et la lettre de Vera, scellée et maintenant correctement déposée chez Grantham, était le poids final.

Elle a nommé Rupert Hale.

Pas avec accusation.

Mais avec certitude.

« Il croit que le pouvoir est une forme d'héritage, » a-t-elle écrit. « Et donc, j'ai repris ce qui m'appartenait. »

Les mots n'ont pas fait rage. Ils n'ont pas plaidé. Ils ont simplement atterri – lourds, définitifs, sans peur.

L'agent Oakes est arrivé dans le bureau du vicaire juste avant le déjeuner, tenant le microfilm comme s'il allait mordre.

« J'ai contacté l'unité de fraude métropolitaine, » a-t-il déclaré.

Annabel hocha la tête. « Vous aurez besoin d'alliés. »

« J'aurai besoin d'un bélier. »

« Vous en avez un. »

Elle posa l'anneau et la clé sur la table.

Ils ne ressemblaient pas à des armes. Mais Oakes a tout de même pris du recul.

« La malle dans le coffre-fort de Grantham confirme tout. »

Oakes expira lentement.

« Et tu es sûr que ça va tenir ? »

Evie s'appuya sur le rebord de la fenêtre.

« Il a été protégé pendant trop longtemps. Mais Vera a jeté les bases. Nous sommes en train de terminer la maison. »

Oakes hocha la tête.

Puis s'est retourné pour partir.

En passant devant Perséphone, assise comme une gargouille à côté du plateau de thé, il hésita.

Elle cligna des yeux vers lui.

Lent.

Sinistre.

Comme si elle l'avait jugé et l'avait trouvé... la plupart du temps tolérable.

Oakes redressa son col.

Et il est parti.

***

La maison était calme.

Pas paisible. En attente.

Le genre de silence qui précède une tempête – non pas dans le ciel, mais dans les pièces où les héritages sont réécrits.

Juliette vérifia la serrure de la porte latérale.

Evie disposa les dossiers sur la table du salon comme des armes en velours.

Annabel se tenait près de la fenêtre.

« Je ne pensais pas que ce serait ce soir, » dit-elle doucement.

« Ils viennent toujours au coucher du soleil, » a répondu Evie. « Quand ils veulent être vus. »

Perséphone, perchée sur le dossier d'un fauteuil, secoua une fois la queue.

Puis, des phares ont balayé l'allée.

Et le moment est arrivé.

Chapitre 16

Rupert Hale est arrivé sans prévenir.

Sa voiture – élégante, noire et nettement inadaptée aux ruelles pavées de Little Firling – s'est arrêtée devant Everly House juste après le coucher du soleil. L'air à l'intérieur s'était épaissi, comme si les murs eux-mêmes reconnaissaient un intrus.

Il est sorti comme s'il était le propriétaire de l'endroit. D'une certaine manière, il l'était presque.

Annabel l'attendait dans le salon, Evie à côté d'elle. Juliette s'attarda près de la cheminée, pâle mais stable.

Perséphone était assise au sommet du buffet, la queue recourbée comme une ponctuation.

Hale ne s'est pas donné la peine de saluer.

« Je suppose que vous pensez que vous avez gagné. »

« Je ne joue pas votre jeu, » a répondu Annabel. Sa voix était calme, mais ses doigts se resserraient sur le bord de la chaise.

Il a ri – vif, sans joie.

« Tout le monde joue. La différence, c'est qui le sait. »

Evie s'avança.

« Vera savait. C'est pourquoi elle a laissé la lettre. Les preuves. »

« Elle est sortie de la paranoïa. »

« Elle a laissé des preuves, » dit Annabel. « Des actes. Signatures. Microfilm. »

La mâchoire de Hale se resserra.

« Rien de tout cela ne tient devant le tribunal. »

« Mais ça tient la route dans Little Firling, » a déclaré Annabel. « Et au Parlement. Et dans la presse.

Juliette prit alors la parole, d'une voix claire et ferme.

« Vous n'avez plus le contrôle de nous. »

Hale se tourna vers elle, quelque chose vacillant derrière ses yeux.

« Votre tante a toujours été sentimentale. Elle vous a laissé un gâchis. »

« Non, » a dit Juliette. « Elle m'a laissé la maison. Et la vérité. »

Perséphone se leva. Ses yeux, dorés et brillants, ne clignotaient pas – le regard de quelque chose d'ancien, de félin et de peu impressionné.

Elle sauta à terre. Elle a marché sur le tapis et s'est assis aux pieds de Hale. Levant les yeux. Silencieuse. Sans cligner des yeux.

Hale tressaillit.

C'était léger.

Mais c'était suffisant.

Et la salle le savait.

Chapitre 17

L'arrestation a eu lieu trois jours plus tard.

Pas au milieu de la nuit – Hale ne l'aurait pas permis – mais en pleine lueur de l'après-midi, avec la presse qui attendait au bas de la colline et Oakes debout plus droit qu'il ne l'avait jamais fait de sa vie.

Contrefaçon. Fraude. Coercition. Vol historique.

Les accusations se lisent comme la préface d'un best-seller d'un vrai crime.

Clarissa a fait une déclaration. Grantham aussi. Juliette a soumis l'arbre généalogique. Rafe, de manière inattendue, a vérifié les écarts financiers. Même Liam – tremblant et pâle – a témoigné par appel vidéo.

***

Annabel passa ses doigts le long des épines des registres de la succession d'Everly, dont leurs cuirs se fendaient comme la surface de vieux secrets. La plupart des volumes avaient été classés avec un soin méticuleux – actes de fiducie, évaluations d'œuvres d'art, registres de donations. Et pourtant, un dossier n'avait pas sa place.

Il était plus mince que les autres. Pas d'étiquette sur le dos. Entre « Dépenses de propriété, 1981-1990 » et « Planification de gala : édition tricentenaire ».

Elle le retira lentement.

À l'intérieur : une seule page déchirée. Manuscrit. À peine lisible, mais indubitablement de Vera.

« Si quelqu'un le demande, il n'est jamais né ici. Il n'a jamais été nommé. Mais s'il revient, vous le reconnaîtrez par l'anneau.

Annabel se figea.

Pas de date.

Pas de signature.

Juste un post-scriptum, griffonné dans la marge :

Ne le dites pas à Juliette. Pas encore.

« Evie, » appela-t-elle.

Evie apparut dans l'embrasure de la porte, tenant une boîte de bonbons à la menthe à moitié vide. « Ne me dites pas que nous avons trouvé un héritier fantôme. »

Annabel leva la page.

« Pas un fantôme. Mais peut-être une ombre. »

Evie gémit. « Je déteste les ombres. Ils ne sont jamais simples. »

« L'héritage non plus. »

Perséphone, qui s'était recroquevillée dans un coin de fenêtre, ouvrit un œil.

Le regard disait : *Oh non, pas encore.*

Annabel plia le billet, le glissa dans sa poche et murmura : « Les secrets résonnent toujours. Certains mettent tout simplement plus de temps à trouver leur voix. »

*∗∗

Annabel trouva Mrs. Gilchrist exactement là où elle l'attendait : en train de polir l'argenterie dans le calme de l'arrière-cuisine de la maison Everly au crépuscule, sa posture aussi droite que les chandeliers.

« Miss Deighton, » dit Gilchrist sans se retourner. « Si vous êtes ici pour parler du testament, je n'ai rien à ajouter. »

« Je suis ici pour la bague, » a répondu Annabel.

Cela a fait s'arrêter le chiffon de vernis – pendant un battement de cœur.

« Beaucoup de bagues dans cette maison. »

« Celle-ci déverrouille un coffre-fort. Une que Vera a laissée derrière. Et une note suggérant que quelqu'un d'autre pourrait avoir une réclamation. »

Mme Gilchrist se retourna enfin, son visage aussi illisible que le labyrinthe de haies de jardin.

« Elle n'a jamais fait confiance aux banques, » a-t-elle déclaré platement. « Elle disait que le caveau n'était destiné qu'aux choses que les vivants ne savaient pas porter. »

« Et le garçon ? »

Un silence assez épais pour être tranché.

« Elle m'a dit une fois, dit lentement Gilchrist, que toutes les dettes ne sont pas en argent. Certains sont des noms. Certains sont des disparitions. »

Annabel s'approcha.

« Elle a caché un nom. »

« Elle *en a protégé* un, » a corrigé Gilchrist. « Il y a une différence. Ce garçon est né dans la honte et le silence – et Vera a juré qu'il ne souffrirait jamais pour ses erreurs. »

« Était-il un Hale ? »

La mâchoire de Gilchrist se serra. « Il était à elle. »

Pas plus. Pas moins.

Annabel hocha la tête une fois. « S'il revient ? »

« Alors vous feriez mieux de prier pour qu'il ne ressemble en rien à son oncle. »

Elle reprit le vernis et retourna à son travail.

***

Deux jours après l'arrestation, la première camionnette satellite est arrivée en milieu de matinée.

À midi, il y en avait six.

Little Firling, d'ordinaire somnolent et floral, bourdonnait comme une ruche piquée par un micro à perche.

Un homme en costume de tweed se tenait à l'extérieur de la boulangerie et posait des questions sur « la dernière préférence de Lady Vera en matière de confiture ».

Trois influenceurs ont filmé une #TrueCrimeWalk à l'extérieur de la chapelle, l'un d'eux prononçant mal « Everly » de quatre manières différentes.

Annabel regardait derrière le rideau de dentelle du salon de thé, sirotant son mélange et se préparant.

Evie fit irruption, essoufflée et indignée. « L'un d'eux vient d'essayer d'interviewer Perséphone. »

Annabel n'a pas cligné des yeux. « Est-il encore en vie ? »

« À peine. Il a gratté la vérité vivante de son avant-bras. »

Ils sortirent ensemble.

Un journaliste du tabloïd Daily Truth a tenté de les coincer.

« Miss Deighton ! Pouvez-vous confirmer que les perles ont été maudites ? Et étiez-vous en couple avec l'inspecteur ? »

« Je suis, a dit Annabel, profondément attachée à ma bouilloire. »

Elles ont continué à marcher.

Derrière eux, Perséphone se pavanait sur le chemin comme un général revenant d'une bataille.

Quelqu'un a pris une photo.

Elle grogna.

La caméra a court-circuité.

Annabel sourit.

« Little Firling ne fait pas de cirque, » a-t-elle dit.

Evie ajusta son chapeau de soleil. « Mais il fait du nettoyage. »

***

Les perles ont été récupérées. Pas de Hale, mais d'un compartiment caché dans la camionnette de restauration, retrouvée abandonnée près d'une ferme à la périphérie de Lincoln.

Juliette les a fait polir et monter dans une exposition de style musée dans la galerie Everly.

« En prêt, » a-t-elle déclaré à la presse. « De la succession. Pour le peuple. »

Perséphone s'est vu confier le poste de gardienne officieuse de la galerie, bien qu'elle préférât le rebord de la fenêtre ouest et grondait contre tous ceux qui essayaient de la photographier.

Annabel retourna à sa chaumière avec une nouvelle série de notes, deux paniers de remerciement et la satisfaction tranquille des puzzles terminés.

Evie a repris son rôle d'archiviste du village – à la fois détective, historienne, commère.

Et pour la première fois depuis des semaines, Little Firling expira.

Le soleil printanier s'adoucit. Le jardin s'épanouit.

Et le village s'est réinstallé dans le bourdonnement de secrets non encore découverts.

Épilogue

Annabel sirotait son thé sur le porche arrière, un châle de laine sur les épaules et des mots croisés sous un coude. Les mots croisés n'étaient qu'à moitié terminés – quelque chose à propos de l'argot d'observation des oiseaux et des biscuits britanniques obscurs – mais elle était plus concentrée sur la vue.

Le jardin bourdonnait à nouveau. Pas en chuchotant, en ne ruminant pas, en fredonnant. Les oiseaux se disputaient dans les haies. Une abeille a flirté avec un dahlia. Le monde, pour une fois, ne gardait pas de secrets.

Evie est sortie du chalet avec une boîte étiquetée « ARCHIVES – NE PAS BRÛLER, » marmonnant à propos du manque d'alphabétisme dans les registres d'histoire locale.

« Quelqu'un a un jour signalé l'observation d'un monstre marin sous *Cabbages,* » a-t-elle annoncé. Nous sommes une nation de fous.

Perséphone était assise au sommet de la balustrade, la queue battante paresseusement, les yeux fermés dans un rayon de soleil. Elle ne dormait pas. Elle ne dormait jamais quand des mystères se préparaient, elle reposait seulement ses yeux pour juger.

« J'ai réfléchi, » a déclaré Annabel.

Evie s'arrêta. « Oh mon Dieu. »

« Nous devrions le rendre officiel. »

« Le podcast ? »

« Non, le registre. Un vrai registre. Les archives du puzzle de Little Firling. Un journal vivant de toutes les bizarreries non résolues, des crimes possibles et des contes populaires curieux. »

« Avec des rubans ? »

« Et des fiches. »

Evie sourit.

Perséphone s'étira.

Puis, avec beaucoup de drame, la chatte tourna la tête vers la porte.

Un facteur s'approchait. Ce n'est pas leur habitude – cet homme marchait avec une posture prudente, comme s'il portait des secrets fragiles au lieu de colis.

Il tendit à Annabel un mince paquet. Pas d'adresse de retour. Juste un sceau de cire estampillé de ce qui ressemblait à un coup de pinceau et à un point d'interrogation.

Evie regarda par-dessus son épaule. « On dirait que quelqu'un veut que nous participions à cette retraite artistique après tout. »

Annabel ouvrit le colis.

À l'intérieur : un croquis. Délicat. Sauvage. Et dans un coin, à moitié effacée – la forme d'un visage que personne n'avait encore nommé.

Perséphone sauta à terre.

Elle renifla le papier.

Puis il se tourna brusquement vers les treillis de roses, les oreilles tremblantes.

Annabel se leva.

Un autre murmure.

Un autre secret.

Un autre coup de pinceau sur la toile de Little Firling.

Elle se tourna vers Evie.

« D'accord ? »

Evie prit son carnet.

Perséphone trottait en avant.

Et ensemble, elles sont entrées dans le mystère suivant.

***

Perséphone marchait seule sous la glycine.

Le village dormait. Les humains rêvaient de leurs rêves confus, encombrés de souvenirs et de bêtises. Mais l'air nocturne murmurait des vérités plus claires : le bruissement des feuilles, les empreintes lointaines de renards et le parfum du changement qui s'y répandait comme un brouillard marin.

Elle bougeait comme de l'encre dans l'eau.

Silencieuse. Certaine.

L'Everly House se dressait derrière elle, lourde des échos de ce qui avait été enterré, révélé, réarrangé.

Elle s'arrêta sous le cadran solaire.

Renifla.

Quelque chose s'attardait là-bas dans la terre – du vieux métal, du ruban de soie, la dernière trace de la volonté de Véra n'était pas encore lue.

Perséphone était assise. Regardait. Attendait.

De l'autre côté des champs, le vent tirait sur les haies. Quelque part, un hibou a appelé — bas et avertissement.

Perséphone ne répondit pas.

Elle n'était pas une proie.

Elle était l'observatrice entre les mondes. Entre bougie et indice. Entre plateaux à thé et vérités.

Demain, les humains retourneraient à la routine.

Annabel égarerait à nouveau ses lunettes de lecture. Evie marmonnait à propos des mauvais systèmes de classement. La bouilloire sifflait. Les archives bâillaient.

Mais quelque chose d'autre s'en venait.

Le chat le sentait.

Une ondulation sous le treillis de roses. Une esquisse laissée inachevée. Un mensonge chuchoté à la térébenthine.

Perséphone se leva.

Elle se tourna vers l'est, où le matin se lèverait derrière les collines, et marcha, sans se presser, sans chasser, juste prête.

Parce que la paix n'était qu'une pause.

Et quelqu'un oublierait vite que Little Firling se souvient de tout.

Surtout la chatte.

www.ingramcontent.com/pod-product-compliance
Lightning Source LLC
Chambersburg PA
CBHW061035310726
48969CB00004B/958